Die Angst des Apfels vor dem Fall

Einführung

Das Leben - „ein göttliches Spiel des Lernens. Manchmal ein grausam erscheinendes Spiel, manchmal ein wundervolles Spiel, auf jeden Fall ein aufregendes Spiel." Diese befreiende Erkenntnis, eine der Hauptfiguren, dieser ausgesprochen originellen, spannenden, zum Teil geheimnisvoll - tiefgründigen Kurzgeschichten klingt behutsam wegweisend als Möglichkeit an, dem alltäglichen Leben vielleicht doch ein wenig bewusster, unverkrampfter, gelassener zu begegnen. -

Ungewöhnliche Perspektiven und überraschende Lösungen zeichnen diese sehr unterschiedlichen, facettenreichen Erzählungen aus, die mit feinem Beobachtungsvermögen, mit Herzenswärme, Ernsthaftigkeit und immer auch wieder mit Humor geschrieben sind. Sie berühren, machen nachdenklich, rütteln auf und lassen immer wieder auch noch eine andere, mystische und weisere Wirklichkeit durchscheinen. Sie wirken nicht zuletzt mit der Kraft von Metaphern. - Kernthema ist das Fühlen, das Sich-einfühlen, und eben auch das in dieser Welt so notwendige, verbindende Mitgefühl mit allem, was ist.

Die Angst des Apfels vor dem Fall

Geschichten, die Impulse geben

von

Melina B. Hilger

Bibliografische Informationen der Deutschen Nationalbibliothek:
Die Deutsche Nationalbibliothek verzeichnet diese Publikation in der
deutschen Nationalbiografie; detaillierte bibliografische Daten sind im
Internet über: http://dnb.dnb.de abrufbar.

Herstellung und Verlag: BoD – Books on Demand,
Norderstedt

ISBN: 978-3-7386-2490-8

Inhaltsverzeichnis

Vorwort

Impuls Geschichten

Eigentlich nenne ich sie gern Metapher-Geschichten oder „Reden in Bildern".

Wir bewegen uns oft wie betäubt durch den Alltag. Erst in Krisenzeiten, etwa durch Krankheit, halten wir inne, nehmen uns Zeit für das Sich-Besinnen. Wir sind an einem Punkt unseres Lebens angekommen, wo das Gewohnte nicht mehr so richtig funktioniert, vielleicht gar nicht mehr. Das zwingt uns, einiges neu zu überdenken, andere Blickwinkel einzunehmen. Genau dabei können solche Metapher-Geschichten uns sehr gut helfen. Wir spüren beim Lesen den dahinter verborgenen Sinn oftmals erst, wenn wir den Gefühlen nachgehen, die wir vielleicht schon lange untergründig in uns selbst gespürt haben. Das ständige Beschäftigtsein mit den scheinbar so drängenden Anforderungen des Alltags verhindert meist jedoch, diesen leisen Gefühlen nachzugehen. Erlauben Sie sich jetzt ihre wahren Bedürfnisse aufzuspüren. Stellen Sie sich vor, dass in ihrem Unterbewusstsein schon vieles offen und bereit da liegt.

Impuls-Geschichten bieten uns oft Verarbeitung von Geschehenem, führen uns auch weg von dem Nur-Verstandes-Denken, bringen das Unbewusst-Wissende mit dem Wahrhaften und unseren realen Möglichkeiten in Einklang.

Mit diesen Geschichten können Sie sich selbst helfen, ganzer, runder, ein Stück vollkommener zu werden auf Ihrem Lebensweg.

Ich wünsche viel Freude und Nachdenklichkeit beim Lesen dieser Geschichten.

Der Philanthrop

Gernot ging ruhig durch die Straßen. Die Häuser lagen verlassen da. Keiner wollte sich, ohne zwingenden Grund, draußen bei der Hitze aufhalten. Aber ihn störten die 37 Grad im Schatten kaum. Auf seinen vielen Reisen, im Laufe seines Lebens, war er auch schon in der Wüste gewandert und machte sich aus diesen Temperaturen hier nicht viel.

Obwohl er bereits über neunzig Jahre alt war, schritt er kräftig aus und seine Gestalt glich, zumindest von weitem, eher einem Vierzig-Jährigen. Aus der Nähe allerdings, wenn man in das braun gebrannte Gesicht blickte, sah man die vielen Krähenfüße um die Augen herum und auch um den Mund hatten sich tiefe Furchen eingegraben. Doch seine Augen blitzten so wach wie die eines jungen Mannes: intensiv und freundlich blickten sie jeden an, der sich ihm näherte. Sein Blick war intensiv und nahm alle in seinen Bann, er war von einer beinahe unheimlichen Präsenz. Jeder der mit Gernot zu tun hatte, erfreute sich besonders an dieser uneingeschränkten, wachen Aufmerksamkeit, die ihm in seiner Anwesenheit zu kam. Dann fühlte sich sein Gegenüber wie der wichtigste Mensch auf der Welt.
Diese absolute, zeitlose Zuwendung allein schon wirkte auf die Rat- und Hilfesuchenden wie ein Wunder, und manch einer fühlte sich davon

bereits geheilt oder sah seine Not um vieles gelindert. Gernot war auch ein wunderbarer Ratgeber und Tröster. Durch seine absolute Zugewandtheit begannen die Verzagten, ihm ihre Herzen auszuschütten.

Wenn die Hilfesuchenden dann ihr Herzensgefäß ganz bei ihm entleert hatten, kamen, nach einiger Zeit des Schweigens, immer wunderbare, erhellende Worte aus Gernot. Es waren keine großartigen Reden oder weise Sprüche, sondern wenige Worte, die das Gegenüber mitten ins Herz trafen, weil sie von einer so großen Seelenweisheit und Einfachheit waren, dass sich der Suchende voll erkannt und verstanden fühlte. Danach, wenn sie Gernot nach solchen Gesprächen verließen, fühlten sie sich hoffnungsvoll, geborgen und voller Dankbarkeit, und fast immer fand Gernot am nächsten Tag ein paar Früchte, ein frisch gebackenes Brot, oder sogar ein paar Dinar vor seiner Türe. Die Menschen hier waren arm und versuchten ihre Erleichterung über die kostenlose Hilfe auf ihre ihnen mögliche Art zu zeigen.

Wenn Gernot am Morgen die Gaben vor seiner Türe mit einem Lächeln einsammelte, wusste er, dass er wohl wieder ein wenig heilsam auf die Seelen eingewirkt hatte. Dieses Wissen war ihm eigentlich Lohn genug, aber ihm war klar, dass freiwilliges Geben ein wichtiges Gut war, und so nahm er diese Naturalien und kleinen Geschenke gerne an.

Er hatte gerade seine Mittagsrunde durch das

Dorf beendet, war zurück gekehrt in sein karges Zuhause und dachte fast bedauernd: „Heute hat mich niemand gebraucht." Er beruhigte aber sein Gemüt in dem er sich sagte, dass es heute allen gut ging. Da klopfte es zart an seine Holztüre. Gernot öffnete sie und sah ein junges Mädchen mit gesenktem Kopf vor sich stehen.

„Komm herein Liebes, hier drin ist es kühler," forderte er sie auf. Er zeigte auf das Kissen und sie nahm zögerlich darauf Platz. Schweigend saßen sie sich gegenüber. Lange dauerte es, bis das Mädchen den Blick heben und ihn zaghaft anschauen konnte.

Aber als die Augenverbindung erst einmal hergestellt war, spürte man förmlich, wie sich Erleichterung im Körper des Mädchens ausbreitete. Der weise Mann ihr gegenüber fing an zu sprechen, obwohl er das sonst nie tat, ehe ihm nicht seine Besucher ihr Anliegen vorgebracht hatten. Aber ihr langes Schweigen und ihr ganzes Verhalten war so beredt, dass er genug zu wissen glaubte. „Liebe junge Frau, ich kenne deinen Namen nicht. Aber deine Seele hat deutlich zu mir gesprochen.Ich antworte dir zu deinen beiden Problemen und sage ein zweifaches Ja. Ich sage ja, du kannst dein Kind hier zur Welt bringen. Und ich sage ja zu deinem Anliegen, meine Schülerin zu werden. Ich freue mich. Einen Schüler oder eine Schülerin wünsche ich mir schon seit langem. Also nimm den Teppich da drüben, lege ihn auf die Erde dort hinten und belebe diese Hütte so, dass sie dir und deinem Kind ein Zuhause wird.

Zwölf Jahre später öffnete jeden Morgen ein elfjähriger Junge die Türe und rief dann meist: „Mutter, heute sind es die schönsten Früchte, die du dir vorstellen kannst", und er trug den Korb hinein. Und Gernot lächelte sein liebevollstes Lächeln, - von ganz oben herab.

Übung macht frei

Marionka saß nun schon die dritte Nacht wie angenagelt auf diesem Küchenstuhl. Sie wollte es einfach schaffen, koste es was es wolle. Leise murmelte sie in die aufgeschlagene Buchseite hinein, es hörte sich an wie eine Beschwörung. Die Küchentüre öffnete sich hinter ihr: „Was machst du denn hier schon wieder?" Der Vorwurf in Igors Stimme war unüberhörbar. „Ich studiere die Kochrezepte für die Feier im April", antwortete Marionka ihm schnell und konnte kaum verbergen, dass sie bei dieser Lüge rot wurde. Misstrauisch kam Igor zum Tisch: „Das soll ein Kochbuch sein, da sind gar keine Bilder drin". „Na, ja es geht beim Kochen doch nicht ums ‚Ausschauen' – sondern ums gut schmecken, oder?", antwortete sie ihm ohne zu zögern schnippisch.

Er blickte sie prüfend an, aber sie hatte schon wieder den Kopf zum Buch gesenkt, so dass der Kerzenschein nicht ihr Gesicht beleuchten konnte. „Schau dass du ins Bett kommst, morgen bist du wieder zu müde zur Arbeit im Stall", meinte er nur noch. Sie atmete tief durch als er die Türe hinter sich geschlossen hatte. Gottseidank, sie konnte seinen Verdacht hoffentlich zerstreuen. Sie sollte jetzt wirklich zu Bett gehen, sonst würde sie tatsächlich nicht genug Kraft für den nächsten Tag besitzen.

Sie schlug das Buch zu, fuhr noch einmal liebevoll über den Umschlag und versteckte es besonders gut zwischen den Geschirrtüchern, ganz hinten im Regal.

Als Marionka sich leise neben ihren Mann legte, der schon kräftig schnarchte, fühlte sie sich irgendwie fiebrig und sehr wach. Das Einschlafen fiel ihr schwer. Zu allem Überfluss schien auch noch der Mond zum Fenster herein. Sie schloss die Augen und sah selbst jetzt noch die Buchstaben tanzen. Sie würde es lernen, ganz bestimmt - morgen würde sie nach dem Einkauf im Dorf wieder zu Irina gehen. Sie war Lehrerin und bei dem Gedanken an Irina wurde sie ruhiger und schlief schließlich ein. Der Mond hatte Mitleid mit Marionka und verschwand hinter einer Wolke.

Marionka träumte wild: Sie lief den seltsamen verschnörkelten Buchstaben hinterher, und wollte sie unbedingt zu fassen kriegen. Schließlich gelang es ihr ein F zu fangen. Sie hing sich mit aller Kraft daran und wurde von dem immer riesenhafteren F fortgeschleift. Die Arme taten ihr weh, aber sie hielt fest als ginge es um ihr Leben. Ihre Ausdauer wurde belohnt, das F hob ab in den Himmel und mit einem Mal flog Marionka leicht wie eine Feder mit dem F durch die Wolken. Sie sah wie noch andere Buchstaben in der Luft flogen und beobachtete fasziniert, wie ihr F versuchte sich an andere Buchstaben zu hängen.

Schließlich gelang dies, es war ein L und gemeinsam flogen sie nun dahin und versuchten neue Buchstaben zu fangen. Es war irgendwie lustig und Marionka hörte sich fröhlich lachen.

Schließlich hing ein neuer Buchstabe, ein I an ihnen und es gesellte sich auch noch ein E dazu und schließlich noch ein H. Marionka versuchte verzweifelt das Wort in der Luft zu entziffern: Fl..., Fli.e.h.... Sie strengte sich sehr an in ihrem Traum, und plötzlich verstand sie das Wort und ein befreiendes Lachen schaffte sich Bahn.

„He, was soll das?" schimpfte ihr Mann, der von ihrem anscheinend lauten Lachen aufgewacht war. Die Rippe tat ihr weh, weil er sie mit dem Ellbogen kräftig in die Seite gestoßen hatte, um sie aufzuwecken. Sie murmelte „Hab wohl geträumt..." und drehte sich weg von ihm. Marionka erinnerte sich noch gut an den Traum und vollzog ihn noch wach im Bett liegend nach.

Das Wort „Flieh" hallte in ihr wie ein köstlicher Klang, - wie Musik. Ja, sie würde fliehen von hier. Sie würde ihren rohen, verständnislosen Mann verlassen, sobald sie Lesen und Schreiben gelernt hatte.

Zauber der Nähe

Der Bärtige saß nun schon seit drei Tagen an der Ecke. Jedes Mal wenn Luisa aus ihrem Fenster schaute sah sie ihn. Früher hatte sie auf die Obdachlosen nicht geachtet, diesmal aber war etwas anders. Da sie unweit entfernt wohnte, konnte sie ihn durch ihr Küchenfenster beobachten. Sie holte ihr Fernglas und betrachtete ihn genau. Sein graues, krauses Haar sah ungepflegt aus, der Bart wucherte wild im Gesicht, so dass nur noch die Augen sichtbar waren. Diese Augen - irgendwie gefiel ihr sein Blick, er sah wach und freundlich jeden an, der vorbei ging - nicht fordernd, eher neugierig.

Seine Kleider waren zerlumpt, hier ein Riss, dort ein Fleck und auch einige Knöpfe fehlten auf seinem Jackett. Die ganze Gestalt machte einen graubraunen Eindruck. Das Braun kam von der dunklen Hautfarbe, man konnte nicht genau erkennen, ob sie von der ständigen Sonne kam oder ob er negroid war. Vor sich hatte er einen Hut, soweit Luisa sehen konnte, war er leer. Neben ihm räkelte sich gerade gähnend ein kleines Hündchen. Sein Fell war ebenso grau gesprenkelt, und die beiden bildeten eine richtige Einheit. Jetzt sprach sein Herrchen mit ihm, und gerührt verfolgte Luisa, wie aufmerksam der Hund seinem Herrn jedes Wort von den Lippen las und dabei heftig mit dem kleinen Schwänzchen wedelte. Der alte Mann kramte in seiner Jackentasche und hatte dort offensichtlich ein Leckerchengefunden, das hielt er seinem vierbeinigen Freund auf der flachen Hand hin. Vorsichtig nahm es das kleine Kerlchen mit den Lefzen auf und kaute es, immer noch heftig wedelnd, genüsslich. Lange beobachtete sie an diesem Tag den an der Ecke Bettelnden. Schließlich musste sie zur Arbeit, aber heute nahm sie den kleinen Umweg in Kauf, um bei den beiden vorbei zu gehen. Als sie auf ihrer Höhe war, nahm sie einen Fünf-Euro-Schein aus ihrem Geldbeutel und legte ihn vorsichtig in seinen Hut. Als sie wieder hoch schaute, blickte sie direkt in die freundlichen Augen vor sich und spürte zur gleichen Zeit eine Berührung an ihrer rechten Hand. Sie sah den kleinen grauen Hund, wie er ihr die Hand leckte.

Sie fuhr ihm streichelnd über den Kopf und der Kleine genoss sichtlich diese Berührung. Sie nickte dem freundlich Lächelnden zu und ging schnell weiter.

So ging es nun schon viele Wochen. Allmählich beobachtete Luise den Mann nicht mehr so oft. Es gab auch nichts Neues zu sehen.

Einmal jede Woche machte sie den kleinen Umweg und legte ihm den kleinen Geldschein in den Hut, und jedes Mal erntete sie dafür ein freundliches Lächeln und ein Handlecken. Allmählich begriff sie, dass der Hund wohl abgerichtet war und jedem Spender eines Geldscheines die Hand leckte.

Beim nächsten Mal legte sie sich für fünf Euro Münzen zurecht und warf diese statt eines Scheines in den Hut. Abermals leckte der Hund ihr die Hand. Ab diesem Tag fing sie wieder an die beiden länger zu beobachten.

Kaum einer legte mehr als eine Münze in den Hut, aber einmal sah sie, wie ein vornehm gekleideter Mann dem Bettler einen zehn Euro-Schein in den Hut legte, sie hatte es durch das Fernglas genau gesehen. Aber der Hund blieb liegen und wedelte nur mit dem Schwanz. Luisa konnte sich das nicht erklären und dachte lange darüber nach. Sie beobachtete die beiden wieder viele Stunden durch das Fernglas. Niemandem wurde wie ihr nach einer Spende die Hand geleckt.

Ihre Neugierde war inzwischen so groß, dass sie bei ihrer nächsten Spende den sitzenden Mann ansprach und schließlich fragte: „Sagen Sie, warum schleckt mir ihr Hund immer die Hand, wenn ich etwas in den Hut werfe, und warum macht er das bei anderen nicht?" Der alte Mann sah sie verschmitzt an und antwortete ihr: „Das ist ganz einfach. Er will von Ihnen gestreichelt werden und nicht von jedem." Luisa war verdutzt und verabschiedete sich verwirrt. Aber sie konnte nicht anders. Sie musste noch weiter testen. Sie begann nun täglich an der Ecke vorüber zu gehen, warf aber nur jedes Mal ein Eurostück in die Ablage. Und tatsächlich; jedes Mal kam der Hund auf sie zu, leckte ihr die Hand und sie antwortete ihm mit einem ausgiebigem Streicheln.

So wurden sie alle Drei richtige Freunde, und Weihnachten hatte Luisa sie sogar in die Wohnung zu einem Festmahl eingeladen. Und sie hatte aufgehört sie weiterhin durch das Fernrohr zu beobachten. Sie sah jetzt direkt, woran es den beiden in den vorbei fliegenden Jahreszeiten mangelte und sorgte für sie.

Im Verborgenen

Einst lebte im Verborgenen ein Wesen, über das die Menschen nur hinter vorgehaltener Hand zu sprechen wagten. Es hieß nämlich, dass man verflucht sei, wenn man den Namen dieses mächtigen Wesens laut aussprach. So kam es, dass seit Generationen niemand mehr den Namen wusste, weil keiner es gewagt hatte, ihn auch nur im Flüsterton auszusprechen.

Jahrzehnte strichen über das Land, und es gab viele Legenden und Fabelgeschichten über dieses Wesen. Die Menschen hatten große Angst, dass sie aus Versehen dieses gefährliche Wort aussprechen könnten.

Und so kam es, dass die Menschen, die um jenen sagenumwobenen Ort herum wohnten, immer weniger miteinander sprachen. Nur ungefährliche Worte sagten sie noch zu einander, von denen sie sicher waren, dass sie keinesfalls den Fluch auslösen konnten. So verarmte ihre Sprache immer mehr, denn diese Unsicherheit verschloss ihnen immer mehr den Mund. Auch geriet dieses eine Wort – um das es ging – immer mehr in Vergessenheit, so dass die Unsicherheit immer größer wurde.

Jelanka und Parus liebten sich schon seit der Schulzeit. Sie waren auch viel zusammen, aber wie alle aus der Gegend, fürchteten sie sich vor falschen Worten. So grüßten und verständigten sich meist nur mit den Blicken und Gesten. Sie liefen stundenlang, sich an den Händen haltend, in ihrer Freizeit über die Wiesen und Felder.

Lange Zeit genügte ihnen das auch. Doch Parus wollte seine Freundin gerne fragen, ob sie seine Frau werden wolle, und ihr auch sagen, dass er sie liebe. Viele Nächte schon hatte er darüber nachgedacht, welche Worte er dabei benutzen wollte, aber keine Formulierung kam ihm wirklich ungefährlich vor.

So blieb es bei den wortlosen Treffen mit Jelanka, der es genauso ging. Sie wollte ihm ebenso sehr ihre Liebe gestehen, aber auch sie hatte Angst vor der Wortwahl.

Viele Jahre später, Jelanka und Parus, waren schon im Greisenalter, kam ein fremder Reiter in ihr Dorf. Er wunderte sich nicht schlecht über dieses stumme Volk, denn inzwischen verwendeten die Bewohner des Dorfes gar keine Worte mehr. Der Fremde war Arzt und ließ sich für eine Weile am Ort nieder. Er wollte ergründen, was es mit der Stummheit all dieser Menschen auf sich hatte. Allmählich fassten die Bewohner des Dorfes Zutrauen und kamen mit allerlei Wehwehchen zu ihm. Sie zeigten auf erkrankte Glieder, Hals oder andere Körperteile, um ihm auf diese Weise mitzuteilen, wo es weh tat. Er konnte den meisten helfen, studierte aber heimlich ihre Hälse und Sprechorgane. Aber es war nicht zu erkennen, warum die Menschen nicht sprachen.

Er grübelte gerade über diese Geschichte nach, während er auf einem Feldweg spazierte. Da sah er eine Greisin am Stock vor sich hergehen. Er konnte sie schnell einholen, da sie schon sehr gebrechlich war. Sie bemerkte ihn offensichtlich hinter sich nicht, denn sie murmelte ständig etwas vor sich hin.

Der Arzt spitzte die Ohren und war sehr neugierig. So lange schon hatte er kein einziges Wort mehr gehört. Aber da die alte Frau nur vor sich hin murmelte, konnte er trotz Anstrengung nichts verstehen. So entschloss er sich, die Frau anzusprechen: *„Guten Tag, liebe Frau, schönes Wetter heute nicht?"* Die Alte würdigte ihn keines Blickes, wahrscheinlich war sie schwerhörig, dachte der Arzt. Mit lauter Stimme sprach er sie noch einmal an: *„Schönes Wetter heute, nicht?"* - „Sie brauchen nicht so zu schreien, ich höre noch gut!" antwortete die alte Frau. *„Entschuldigung"* murmelte der Arzt. Dann versuchte er es noch einmal: *„Seltsam, Sie sind die Erste hier im Dorf, die überhaupt mit mir redet."* Sie reagierte nicht. Nach einer Weile, als er es schon fast aufgegeben hatte noch ein Wort von ihr zu hören, kam ein Schwall von heftigen Worten aus ihrem Mund: „Was soll's, ich bin alt genug zum Sterben. Ich habe lange genug geschwiegen, mein ganzes Leben lang. Soll er mich doch holen!" *„Wer denn?"* Der Arzt war über die Heftigkeit ihrer Worte sehr erstaunt.

Die alte Frau war Jelanka, und sie erzählte ihm von der Sage, und dass diese der Grund war, warum in der ganzen Gegend keiner mehr sprach. Sie berichtete ihm, dass schon seit Generationen keiner mehr geheiratet hatte, weil keiner wagte, den anderen zu fragen oder auch nur ihm seine Liebe zu gestehen. So war das Dorf beinahe kinderlos und sie würden wohl aussterben. Dann klagte sie ihm ihr eigenes

Schicksal, dass auch sie und ihr Geliebter nie gewagt hatten über ihren Ehewunsch zu sprechen, aus lauter Angst verflucht zu werden, wenn sie versehentlich das verbotene Wort sagten. Sie war ihr Leben lang allein geblieben, schloss sie den Bericht und rief wütend: „Soll er mich doch holen, der Verfluchte, ich bin bereit!"

Das war also die Erklärung, warum die Menschen hier nicht mehr sprachen. Nachdenklich ging er zurück in die Praxis und beschloss den unseligen Ort bald zu verlassen.

Zwei Wochen später sattelte er sein Pferd, schwang sich darauf und ritt die Dorfstraße hinunter. Er sah die alte Jelanka dort. Neben ihr ein alter Mann. Sie gingen dicht nebeneinander und unterhielten sich angeregt. Sie hatten sich wohl eine Menge zu erzählen. Jedenfalls winkten sie ihm fröhlich zu als er fort ritt.

Der Maler

‚Die Freude ist ganz auf meiner Seite' - begann der Spruch an der Türe. Was hatte das zu bedeuten? Darunter stand mit großen Lettern: ‚Zutritt verboten'. So ein Käse. „Es gibt doch verrückte Leute", dachte Bernhard, „die wollen einen wohl ganz verrückt machen." Na ja, was ging es ihn an. Er hatte schließlich Wichtigeres zu tun, als sich über so einen Unfug den Kopf zu zerbrechen, und er widmete sich wieder seiner Arbeit.

Er strich weiter die Wände des Raumes. Irgendwie brachte er es nicht fertig, seine Gedanken von diesen Buchstaben zu lösen. Er spürte, wie er immer neugieriger wurde und trug sich schon mit dem Gedanken, vorsichtig die Türe zu öffnen, um zu schauen, was sich dahinter verbarg.

Als er beim Streichen dem Spruch ziemlich nahe war, erschrak er, denn die Türe öffnete sich und eine kleine Gestalt mit einem großen, braunen Hut kam heraus. Da Bernhard auf der Leiter stand, sah er zunächst nicht das Gesicht der kleinen Person, - von oben konnte er nur den breitkrempigen Filzhut erkennen.

Die seltsame Figur schien sich umzusehen, sie war stehen geblieben und als sie die Leiter sah, blickte sie hoch. Bernhard sah in ein runzeliges, bärtiges Gesicht. Er sieht aus wie ein Gnom, dachte der Maler und sein: „Hallo Achtung!" - er wollte auf den vollen Farbeimer hinweisen -

wurde völlig ignoriert. Der seltsame Zwerg schaute ihn durchdringend an, blieb aber immer noch stumm.

Bernhard gab vor besonders unbeteiligt zu sein und strich weiter an der Wand herum. Es war ihm aber etwas schwer gefallen, den Blick von dem Wesen, unter ihm zu wenden. In Wirklichkeit platzte er nämlich fast vor Neugierde.

Als er mit dem Streichen ganz am Türrahmen angekommen war, stieg er von der Leiter und hatte vor, sie an eine andere Stelle zu transportieren, um einen neuen Teil des Raumes zu bearbeiten. Er sah sich um und dachte, er hätte wohl geträumt, denn da war plötzlich niemand mehr. Hatte er einen Geist gesehen? War er jetzt völlig verrückt geworden, oder könnte die Gestalt vielleicht wieder hinter der Tür mit der seltsamen Aufschrift verschwunden sein?

Er stellte die Leiter auf der anderen Seite der Tür auf und konnte seine Neugierde nicht mehr länger zurückhalten. Langsam drückte er die Türklinke herunter, öffnete die Türe einen Spalt und spähte in die Dunkelheit. Er konnte nichts erkennen, es war offensichtlich ein langer, lichtloser Gang. Sollte er einfach hineingehen? Er konnte nicht widerstehen und klemmte seinen Pinsel zwischen Tür und Türstock, um sie offen zu halten. Vorsichtig tappte er vorwärts, eine Hand an der rauen Wand, die andere tastend vor sich haltend - er wollte sich ja nicht irgendwo den Schädel anschlagen.

Plötzlich gab der Boden unter ihm nach, er rutschte und rollte über eine Schräge hinab.

Nach endlosen Sekunden kam er schließlich zum Stillstand. Immer noch konnte er nichts erkennen, denn die Finsternis war vollkommen.

Er tastete seine Glieder ab und schien heil zu sein. Das hatte er nun von seiner Neugier. Er sollte sofort zurück gehen. Aber irgend etwas hielt ihn davon ab. Eine innere Stimme drängte ihn, der Sache doch noch weiter auf den Grund zu gehen.

Langsam wich die Finsternis, und er nahm ein schwaches, rötliches Licht wahr. Vorsichtig ging er darauf zu. Tastend, in einer Art Zeitlupentempo, bewegte er sich vorwärts. Das rötliche Licht verwandelte sich langsam in ein Magenta und je mehr er sich näherte, hörte er einen regelmäßigen, rhythmischen Ton. Es klang fast wie ein Herzschlag oder eine Trommel. Mit Beklommenheit im Herzen näherte er sich dem rosa Leuchten. Der dunkle Gang weitete sich je näher er dem Rosa kam.

Schließlich stand er vor grell leuchtend magentafarbenen Wänden, die im regelmäßigen Rhythmus eines dumpfen Tones erzitterten. Er konnte sich des Eindrucks nicht verwehren, dass er in das Innere eines riesigen, lebenden Organismus gelangt war. Was war das für ein Gebilde oder Wesen? Jedenfalls war es lebendig, es schien ihm sogar, als atme es. Ein leichter Lufthauch streifte ihn regelmäßig, so dass sich ihm die Haare am Nacken aufstellten. Auf irgendeine Art war das gruselig. Während er wie versteinert all das auf sich wirken ließ, hörte er hinter sich ein Geräusch. Er drehte sich um und da stand der großhütige Zwerg und blickte ihn wortlos und streng an. „Entschuldigung" stotterte Bernhard „wo sind wir hier?"

Er sah genau, dass der Gnom seinen Mund nicht bewegte. Trotzdem hörte er ganz deutlich eine Stimme:

„Du bist hier, weil es so sein soll".

Also entweder war der Braunhut ein Bauchredner, oder Bernhard hatte seine Gedanken gehört. ‚Wie – was soll ich denn hier?' dachte der Maler und wieder hörte er eine Antwort, ohne Ton:

„Weil Du zu denen gehörst, die sich hier auskennen"

„Oh nein, ich war hier noch nie"

„Du erinnerst Dich nicht, aber Du warst schon mehrfach hier"

„Und was habe ich hier gemacht?"

„Du hast geholfen"

„Wie oder wem?"

„Dir und der Welt"

„Warum bin ich jetzt hier – was soll ich denn tun?"

„Schließe die Augen!"

„Warum?"

„Schließe sie!"

Bernhard schloss mit einem unguten Gefühl die Augen, und sofort hörte er ein Rauschen, so als flöge er durch die Lüfte. Er fing an sich zu ängstigen, wagte aber nicht die Augen zu öffnen. Dann hörte er wieder eine Stimme, sie war anders, als die von dem Zwerg – nämlich weiblich. Sie sagte: „Öffne die Augen, keine Angst". Er öffnete zaghaft seine Augen und sah eine wunderschöne, helle Gestalt vor sich.

Sie blendete ihn fast, und sie sah aus, wie eine zarte Engelsgestalt.

Ihr liebevoller Blick traf ihn wie eine Explosion, es schien ihm, als sah sie direkt in sein Herz. Jetzt war ihm alles egal, was auch geschah, er würde alles tun. Er fühlte sich warm und geborgen, keine Angst war mehr in ihm, nur vollständiges Vertrauen. Er spürte wie sich unter den Augen dieses prächtigen Wesens, etwas in seinem Körper und seiner Seele veränderte. Es fühlte sich seltsam an, aber er ließ alles zu, war völlig hingegeben und voller Zustimmung.

Allmählich wurde dieses Gefühl schwächer und ließ nach. Das Engelwesen war verschwunden, nur die Umgebung leuchtete noch sehr hell.

Er hatte das Bedürfnis sich zu strecken und tat dies auch. Dabei veränderte sich das körperliche Gefühl, und er schloss die Augen eine Sekunde lang. Als er sie wieder öffnete, stellte er verwundert fest, dass er in dem gemalerten Raum auf der Leiter stand und auf seinen Pinsel starrte, der in Magenta-Farbe getaucht war und er wusste – er war nicht mehr derselbe.

Die Angst des Apfels vor dem Fall

„Oh mein Gott", rief Rotbacken. „Es ist so tief unter mir, ich bin ja so hoch, nie kann ich dort hinunter! Ich werde zerschellen, zu Matsch werden und nur noch Brei sein. Mein wunderschönes Rot wird in Graubraun enden und Wespen und Ameisen werden mich anbeißen und zersaugen. Meine Schönheit wird dahin sein und meine Bestimmung habe ich dann auch verfehlt . Ich werde umsonst gelebt haben und umsonst gestorben sein. Nein, so will ich nicht enden – auf keinen Fall.

Er war vergessen worden bei der Ernte. Für die Pflücker war er zu hoch oben gewesen – ganz oben auf dem höchsten Zweig war nämlich sein Platz. Er übersah alles von dieser schönen Welt, und er war wundervoll gewachsen und durch die vielen Sonnenstrahlen, die ihm die Gunst dieses Vorzugsplatz erlaubte, war er der röteste Apfel weit und breit geworden.

Er war aber auch dem wilden Wind, Hagel und heftigsten Regen ausgesetzt gewesen und musste sehr stark sein, um all dem zu trotzen von Anfang an. Es hatte ihn stark gemacht, seinen Stengel hatte er kraftvoll entwickelt und der Ast an dem er hing war sehr widerstandsfähig, hatte mit ihm gut zusammen gearbeitet, und schwang sachte hin und her, um die heftigen Stürme auszugleichen. Rotbacken war stolz auf seinen Ast, auf seinem Stiel, auf seine rote Farbe und auch auf den ganzen wundervollen Apfelbaum. Und nun war er der einzige Apfel, der übrig geblieben war – nein nicht ganz – es gab noch eine kleine, verhutzelte, nicht voll entwickelte Apfelkreatur, die ihm leid tat, aber er hatte auch ein wenig hochmütig auf sie herunter geguckt.

Nun war Rotbacken ganz allein auf windiger Höhe und ängstlich und traurig. Die anderen waren an einem strahlenden Sonnentag abgeholt worden, vorsichtig gepflückt und weich in Körbe gelegt und schließlich in einem Lastwagen weggefahren. Zuerst dachte er, dass er als Letzter gepflückt werden würde, weil er der röteste, größte und schönste Apfel war – schließlich hatte er am besten Wind und Wetter widerstanden, weil er ganz oben am gefährlichsten Platz wuchs und weil er den besten Platz ganz oben im Korb verdient hätte – aber dann musste er erkennen, dass er schlicht und einfach vergessen worden war. Wie konnte das passieren, wo er sich doch so unendlich Mühe gegeben hatte der größte und Schönste zu werden. Er wollte allen zeigen wie gut er ist, dass er sich nicht schonte, alles aus sich heraus holte, um der Welt zu zeigen, dass man es schaffen kann, egal wie schwierig die Umstände waren.

Sein Rot fing an zu verblassen, er wurde derart traurig, denn er spürte, dass all sein Bemühen, seine investierte Kraft und Energie umsonst gewesen waren. Gerade spürte er in der untergehenden Sonne wie es unter ihm eine Erschütterung gab. Er sah hinunter und erblickte eine Horde Wildschweine, die sich an den herabgefallenen zum Teil fauligen Äpfeln gütlich taten. So würde Rotbacken also schließlich enden. Würde er jetzt loslassen, dann würde er erst auf dem Boden zerschellen und dann von den gefräßigen Wildschweinen zermantscht werden. In sekundenschnelle würde er im Magen eines dieser Untiere landen und keiner hätte seine Schönheit, seine Kraft und seine Mühe in all den Monaten – bemerkt. Ein halbes Jahr hatte er all seine Kraft hinein gesteckt in seinen Wert – für nichts.

Die Wildschweine waren schon lange fort und viele Tage mit Herbststürmen rasten über ihn hinweg. Die Nächte wurden langsam kalt und die Tage kürzer und bald war alles kahl und nirgends auf dem Baum waren noch Blätter zu sehen. Einsam, - nein, das kleine, verhutzelte Äpfelchen hing auch noch eisern fest am Baum, sah er über die Felder und Wiesen, die immer farbloser wurden und die Kälte nahm von Tag zu Tag zu. Es fiel ihm immer schwerer sich festzuhalten.

Eines Morgens, als er ganz klamm erwachte, saß eine kleine Kohlmeise ganz dicht bei ihm. Rotbacken erschrak, denn er hatte schon öfter beobachtet, dass Raben und Amseln den Kirschbaum nebenan attakierten und sämtliche Kirschen abpickten. Rotbacken hatte Angst vor dem Meislein, er wollte nicht von ihm angepickt werden, womöglich würde er dann doch noch hinunterfallen.

Die Kohlmeise sprach zu Rotbacken: „Hallo, es ist sehr schön, dass du hier noch hängst, ich finde fast keine Körner und Samen mehr, von denen ich mich noch ernähren könnte. Es ist so kalt geworden und du wärst eine gute Nahrung für mich." - *„Nein – auf keinen Fall wirst du mich* *anpicken, das täte mir sehr weh und meine Schönheit wäre hinüber – untersteh dich".* - „Oh, antwortete die Meise, ich wollte dir nicht zu nahe treten, ich ernähre mich schon seit drei Wintern von übriggebliebenem Obst, verzeih, ich wusste nicht, dass du das nicht möchtest." - *„Nein, ich möchte das nicht,"* antwortete der Apfel, *„ich habe eine andere Bestimmung".* - „Darf ich fragen welche?" wollte die Meise wissen. Rotbacken meinte: *„Ich bin immer der schönste, stärkste Apfel hier am Baum gewesen und ich werde nicht wie dieses Hutzelchen da unter mir enden!"* „Aber was ist das denn für eine Bestimmung!" fragte das Meislein noch einmal. *„Ich will als oberster, schönster Apfel im Korb landen und alle sollen mich anerkennen, wie schön ich gefärbt bin und wieviel Mühe ich mir gegeben habe, so groß zu werden. Das ist meine Bestimmung!"*

„Ah", meinte die Meise, „aber ich sehe keinen Korb, ich glaube, ich habe bei der Ernte vor Monaten gesehen wie die Körbe abtransportiert wurden und du warst nicht dabei." - *„Ja, das ist wahr, sie haben mich einfach übersehen und mich hier gelassen. Wie konnten sie mich nur übersehen, ich war der größte und schönste Apfel weit und breit",* jammerte Rotbacken. „Was wird denn nun aus deiner Bestimmung?" Fragte hartnäckig die Meise. Rotbacken schwieg und die Kohlmeise flog weg. Drei Tage und Nächte dachte Rotbacken über seine Bestimmung nach, die offensichtlich nicht mehr zu erfüllen war. Am vierten Tag kam das Kohlmeischen wieder zurück, es sah sehr zerzaust und verfroren aus. Es setzte sich nahe an den Apfel und beäugte ihn.

„Also gut Meise, du darfst dich an mir laben – vielleicht ist das meine neue Bestimmung, dir als Nahrung zu dienen. Aber ich stelle eine Bedingung: ich will, dass du ganz vorsichtig an mir herumpickst, so dass ich nicht herunterfalle und den Wildschweinen als Fraß diene."

Sofort pickte die Kohlmeise sehr vorsichtig den Apfel an, denn sie war sehr hungrig. Genau sechs Mal hatte sie hinein gepickt, als sich Rotbacken vom Stengel löste und die Meise dem Apfel erschrocken nachschaute. Das hatte sie wirklich nicht gewollt.

Rotbacken flog hinunter und schloss voll Entsetzen alle Augen und Ohren und mit einem Seufzer kam er unten an, rollte einen Abhang hinunter und in eine kleine Grube.

Als der Schnee kam, bedeckte der den Apfel vollständig. Doch im Frühjahr wuchs ein kleines Apfelbäumchen an eben dieser Stelle und in den nächsten Jahren wurde aus dem größten, rötesten und schönsten Rotbacken ein wunderschöner Apfelbaum der von Jahr zu Jahr immer schönere Nachkommen von Rotbacken trug.

Der Wächter

Kein Land in Sicht. Er trieb schon eine Ewigkeit auf dem Wasser, geklammert an diesem umgestürzten, schwimmenden Baum. Seine Haut schien sich schon von seinem Körper zu lösen. Sie war schrumpelig, aufgequollen, unansehnlich. Er würde nicht mehr lange durchhalten, das war sicher. Er würde als Wasserleiche enden, wenn nicht bald Land zu sehen wäre. Wie konnte er sich nur darauf einlassen – so eine dumme Wette! 52 km waren es bis zu der Insel. Wenn er sie nun verfehlt hatte – daran vorbei geschwommen war. Dann war er jetzt auf dem Weg ins offene Meer.

Er war ein guter Schwimmer, aber auch er hatte nur einen menschlichen Körper und hatte Grenzen. Nie hätte er sich auch nur vorstellen können, dass ihm jemals beim Schwimmen die Kräfte verlassen würden. Er kannte niemanden, der so gut schwamm wie er, - immer hatte er sie alle beim Marathon-Schwimmen, oder beim um die Wette schwimmen geschlagen. Deshalb ließ er sich auch auf diese neue Herausforderung ein und das hatte er nun davon. Bald würde die Sonne untergehen und selbst wenn er dann im Dunkeln im, fünf Meter Abstand, an der Insel vorbei treiben würde, so würde er es gar nicht merken. Er war verloren, es geschah ihm recht - mit seiner Angeberei, als ob es nichts Wichtigeres gäbe.

Er döste eine Weile am Stamm hängend, da riss ihn ein harter Aufprall aus seiner

Zeitlosigkeit. Was war das? Die Sonne lag schon nahe am Horizont, malte ein wunderschönes orange-goldenes Farbenspiel auf die leichten Wellen vor ihm. Er sah sich um – was war das für ein Schlag? Klang als wäre er irgendwo angestoßen, aber weit und breit nur Wasser und eben der ca. zwölf m lange Baum, an dem er hing, der seine Rettung war. Da, was war das links? Ein grauenhafter Schreck durchfuhr ihn – es war eine senkrechte Flosse! Oh mein Gott – ein Hai – das fehlte ihm noch. Sein Gehirn war plötzlich total wach, sein Körper in Alarmbereitschaft. Panisch spürte er nach unten, würde ihn gleich einer dieser Begleiter ein Bein abreißen? Waren da noch mehr dieser Ungetüme? Gott, würde er so enden? Ein blutender, zerfetzter Fleischklumpen im Magen eines oder mehrerer Haie? Er verfluchte sich selbst, wie konnte er so leichtsinnig sein – immerhin war er schon 14 Jahre alt und müsste eigentlich mehr Hirn in seiner Birne haben.

Die hochstehende Flosse umkreiste ihn jetzt in einem geringeren Radius. Dieses Ungeheuer schien allein zu sein, es waren keine anderen Flossen aufgetaucht, aber egal ob von einem oder mehreren Haien zerrissen – tot war tot. Sein Gehirn holte all sein Wissen über Haie hervor, er verhielt sich ganz still, machte keine Bewegung.

Er erinnerte sich daran, dass er irgendwo gelesen hatte, dass Haie schwimmenden Menschen oft mit Seehunden verwechselten. Er zermarterte sein Gehirn darüber ob er in der letzten Zeit eine Verletzung hatte, durch die vielleicht jetzt Blut austrat, das der Hai gerochen und ihn somit angelockt haben könnte. Vielleicht hatte er sich am Baumstamm verletzt. Ohne die kreisende Flosse aus dem Auge zu lassen ging er fühlend seine Körperteile durch, er schien keinen Kratzer zu haben. Aber das würde ihn auch nicht retten auf Dauer.

Die Sonne hatte bereits das Meer erreicht. Wunderschön, golden glänzend tauchte sie die ganze Wasseroberfläche in ihr Licht. Sobald es dunkel wurde, würde das Biest garantiert zuschnappen. Ob Schreien den Hai vertreiben würde? Aber er hatte einfach keine Kraft mehr zum Schreien. Dann fiel ihm ein, dass er ja zur Krone des Baumes schwimmen könnte, und vielleicht würde er durch das Geäst der Baumkrone besser vor den Angriffen geschützt sein. Erleichtert zog er sich dorthin zurück, - dort würde er vielleicht auch von den Zweigen besser gehalten, falls er irgendwann vor Erschöpfung einschlief und vergaß sich festzuhalten.

Inzwischen war es nahezu Dunkel um ihn, nur am Horizont, unendlich weit weg, sah er noch einen hellen Streifen. Die Haiflosse konnte er nirgendwo mehr erkennen. So trieb er im zeitlosen Jetzt dahin.

Ergeben schaukelte er in der Krone des Baumes auf und ab – halb ohne Bewusstsein. Es wurde schon hell, als er die Augen wieder öffnete. Von einem seltsamen Laut war er geweckt worden. Drei Meter vor ihm sah ihn ein Auge an und als beider Blicke sich trafen, ertönte wieder dieser seltsame Laut und er erkannte plötzlich diesen Laut. Es war ein Kekkern, wie er es aus Filmen kannte und dann auf einmal war es ganz klar: Ein Delphin sprang kekkernd aus dem Wasser, schlug in einem großen Bogen platschend wieder auf, umrundete ihn noch einmal, und verschwand dann in den Weiten des Meeres.

Das Versprechen

Es war schon lange her, dass Konrad die Bergspitze erklommen hatte. Er war leicht außer Atem, über 3000 Meter war er schon lange nicht mehr geklettert. Aber die wunderschöne Aussicht entschädigte ihn für die Anstrengung. Er ließ sich nieder, um sich ein wenig auszuruhen. Er genoss den Anblick und fühlte sich dem Himmel nah. Erinnerungen an frühere Zeiten kamen ihm, als er als kleiner Junge mit seinem Vater hier hoch gekommen war. Den ganzen Aufstieg lang hatten sie kein Wort miteinander gesprochen. Er war ein schweigsamer Mann gewesen, der selten redete, aber wenn, dann verstummten alle und man hörte ihm zu.

Als Kind hatte sich Konrad mehr als alles andere gewünscht, dass sein Vater mit ihm gesprochen hätte, ihn gelobt oder auch nur getadelt hätte. Aber selbst wenn Konrad einen Fehler gemacht hatte, sah er ihn nur an, mit diesem unverwechselbaren Blick, der ihn bis ins Knochenmark traf. Diese Art von Erziehung war wirklich sehr erfolgreich. Die Fehler, die mit diesem durchdringenden Blick bestraft wurden, wiederholte er nie mehr. Aber nicht etwa weil er auf diese Weise gelernt hätte, was er falsch gemacht hatte, die einzige Motivation war die Vermeidung dieses Fehlers, um den nahezu vernichtenden Blick nicht heraus zu fordern. Sein Vater hatte all die Jahre nie seine Hand gegen ihn oder einen seiner Brüder erhoben, das war nicht nötig gewesen. Seine ganze Gestalt flößte allen sofort Respekt, und vermutlich auch Angst ein, was jedes Widerwort, jede Auflehnung im Keim erstickte.

Konrad saß nachdenklich auf der Spitze des Berges und fragte sich, ob er selber ein solcher Vater sein wollte. Und obwohl seine eigene Erziehung offensichtlich gelungen war, denn er war ein starker, gutherziger Mann geworden, - vermisste er dennoch etwas. Es fiel ihm schwer, ebenso wie seinem Vater, Gefühle zu zeigen und er wusste instinktiv, dass das nicht gut war. Seine Frau respektierte ihn, wie Mutter ihren Mann respektiert hatte, aber er wusste nicht, ob sie ihn wirklich liebte und diese Frage quälte ihn.

Hier oben in der Stille wurde ihm klar, dass er sich verändern musste, wenn er ein wirklich liebevoller Vater und Ehemann werden wollte. Das werdende Kind unter dem Herzen seine Frau, sollte in ein paar Jahren mit ihm auf diesen Berg steigen und mit ihm über alles reden können. Er sehnte sich danach sein Lachen zu hören, wünschte sich mit ihm zu spielen und zu scherzen. Er wollte nicht diese Schwere in seinem Gemüt weitergeben, wie sein Vater es offenbar an ihn weitergegeben hatte. Er griff in seine Jackentasche, holte ein Notizbüchlein heraus, riss einen Zettel ab und schrieb darauf: „Sonntag, 22. Juli 1965. Heute beschlossen, mit meinem Sohn zu lachen, zu scherzen und alles daran zu setzen, ihn zu verstehen und mit ihm zu sprechen. Heute weiterhin beschlossen, meiner

Frau meine Liebe zu zeigen, jeden Tag in Worten und Taten."

Er faltete den Zettel sorgsam, verschloss ihn in einer kleinen Plastikhülle und legte ihn unter einen größeren Stein. Er lächelte zufrieden als er den Abstieg begann. In zehn Jahren würde er mit seinem Sohn wieder heraufkommen und sicherlich würde er sich an diesen Zettel erinnern.

Die Leinwand

Dora lief ohne anzuhalten durch den Wald. So schnell war sie noch nie gelaufen. In ihren Gedanken dröhnte nur ein einziges Wort: „Nein"! Nie wieder wollte sie jemandem vertrauen, nie wieder wollte sie jemandem glauben, nie wieder wollte sie einen Menschen lieben! Schließlich sank sie erschöpft auf einen moosbedeckten, großen Stein. Ihr Atem ging schwer, ihr Herz schien sie mit jedem Schlag zu zerreißen, es tat so weh. Sie stützte den Kopf in ihre Hände und schloss die Augen, lange saß sie so – schweratmend – da. Als sie den Kopf wieder hob und die Augen öffnete, dämmerte es schon und sie bemerkte, dass sie in ihrer ‚Raserei' nicht auf die Richtung geachtet hatte. „Was solls", dachte sie, „das spielt jetzt auch keine Rolle mehr". Bleiern fühlten sich ihre Glieder an, als sie sich schließlich erhob. Wo sollte sie hingehen? Sie blickte sich um und beschloss in die Richtung des zarten Schimmers zu gehen, das durch die hohen Stämme drang.

Dora konnte kaum etwas sehen und tastete sich über den unebenen Waldboden, dabei stürzte sie einige Male über Wurzeln und herumliegende Äste. Ziemlich zerkratzt landete sie schließlich auf einer Lichtung, auf der eine Lichtquelle überaus hell leuchtete, so hell, dass sie die Hände vor das Gesicht halten musste und nur gerade noch zwischen den Fingern heraus schauen konnte, um überhaupt noch etwas wahrzunehmen.

Im hellen Schein sah sie durch die Finger hindurch Gestalten hin und her gehen, sie schienen schwere Sachen zu tragen. Diese Wesen waren außergewöhnlich groß und schlank. Lange beobachtete sie die Szene, als sich eine der Gestalten aus dem Licht heraus löste und auf sie zu kam.

Dora sah schemenhaft eine sich ihr langsam nähernde hochgewachsene Frau mit langen Haaren. Die Frau blieb einen Meter vor ihr stehen und ihr Schatten machte es Dora möglich die Hände vom Gesicht zu nehmen und die Augen ganz zu öffnen. Die Frau überragte sie um einen halben Meter. Ihr Gesicht war auf eine fremde Weise wunderschön. Dora bemerkte plötzlich, dass von dieser Schönheit, ein Lächeln ausging, es war ein wundervolles, liebevolles, tröstendes Lächeln, das ihr glaubhaft Freundlichkeit und Liebe vermittelte, mehr als Worte es könnten.

Dora spürte mit einem Mal wie alle Schwere von ihr ab fiel und eine neue, nie gekannte Leichtigkeit erfasste sie, die es ihr beinahe unmöglich machte nicht zu schweben. Sie kämpfte noch ein paar Sekunden gegen das unbegreifliche, schwebende Gefühl an – gab dann nach – und schwebte gemeinsam mit der hellen Gestalt zur Quelle dieses Lichtes. Dora sah noch im Zentrum des Lichtes ein großes rundes Gebilde, schwebte darauf zu und dann hinein.

Innen sah alles aus wie in einem runden

Konzertsaal. Eine übergroße Leinwand war darin und die schöne Frau deutete ihr an, sich zu setzen. Dora tat wie ihr geheißen und schon verdunkelte sich der Saal und die Leinwand begann zu flimmern.

Sie sah eine Frau im Kreissaal, die gerade ein Kind gebar. Sie bangte lange mit den schmerzhaften Wehen mit, bis das blutige Neugeborene da war. Es sah zerknautscht und bläulich aus. Die Hebamme schlug es auf den Po und das kleine Gesichtchen verzog sich, und mit Beklemmung wartete Dora auf den ersten Schrei. Der war kräftig und ausgiebig, sie verschmolz mit dem kleinen Wesen, spürte die Empörung wie im eigenen Körper und etwas in ihr schrie mit, während sie das immer röter werdende Baby betrachtete. Sie spürte – immer noch schreiend – das Wasser auf ihrer Haut und später dann die wohlige Wärme des vorgewärmten Tuches, mit dem das kleine Mädchen an die Brust der neuen Mutter gelegt wurde. Dann wechselte die Szene. Wieder sah sie das kleine Wesen laut schreiend in einem Gitterbettchen, spürte intensiv und schmerzhaft die Verlassenheitsgefühle mit ihm. Ein weiterer Szenenwechsel: als Vierjährige an der Hand der Mutter, als Sechsjährige am Krankenbett der Großmutter, später in der Schule und schließlich am Grab der Mutter.

Sämtliche Szenen aus ihrem Leben flogen an ihr vorbei. Längst hatte sie erkannt, dass es um ihr Leben da auf der Leinwand ging. Sie fühlte alles was dort wie im Film geschah so, als würde sie es gerade jetzt erleben, nur viel intensiver als sie es je gefühlt hatte. Und weiter ging es durch hunderte von Situationen.

Sie erinnerte sich an kleinste Details, an die Freuden, die Schmerzen, das Leid, die Liebe, die Hoffnung, die Enttäuschung, den Zorn – alle Gefühle die sie in ihrem Leben kennen gelernt hatte – fühlte sie noch einmal geballt. Sie lachte, weinte, hoffte, hasste, liebte – erlebte alles noch einmal durch und als die letzte Szene auftauchte, wie sie völlig mutlos und tieftraurig auf dem Stein saß, da begriff sie, dass alles eins war und das nichts ewig blieb, dass alles nur ein Spiel war – ein göttliches Spiel des Lernens. Manchmal ein grausam erscheinendes Spiel, manchmal ein wundervolles Spiel, auf jeden Fall ein aufregendes Spiel.

Eine seltsame Reise

Schnee von gestern, dachte Mariana. Darüber wusste sie schon lange Bescheid. Sie drängten ihr immer die allerneuesten Nachrichten auf und dachten auch noch, sie täten ihr etwas Gutes damit. Sie hatte schließlich selbst ein Radio und auch Augen, um die Tageszeitung zu lesen.

Sie bestrich ihr Brötchen mit Butter und biss herzhaft hinein, als es krachte. Nein, nicht das! Sie hatte es ja geahnt, dieser Zahn meldete sich in letzter Zeit immer öfter, aber sie hatte es verdrängt, sich darum zu kümmern. Sie spuckte das Brotstückchen aus und untersuchte im Spiegel das Maleur. Oh Gott, der halbe Zahn war nur noch zu sehen und der ragte wie ein zerklüfteter Berg empor. Sie wusste, jetzt führte kein Weg mehr vorbei am Zahnarzt. Seltsamerweise fühlte sie keinen Schmerz, wahrscheinlich stand sie unter Schock. Sie suchte nach ihrem Krankenkassenkärtchen, ging unter die Dusche und zog sich an, als ginge sie in die Kirche.

Natürlich ging sie nicht in die Kirche, sie war absolut gottlos. Dieser Gott, von dem sie immer sprachen, der hatte ihr noch nie geholfen und das, obwohl sie es bitter notwendig gehabt hätte. Also warum sollte sie in die Kirche gehen. Sie zog sich aus zwei Gründen so schick an: erstens, weil sie Eindruck auf die Zahnärzte machen wollte, sie sollten sich Mühe geben und sie nicht wie eine „Nullachtfünfzehn-Patientin" behandeln, denn sie hielt nicht viel von Ärzten. Und zweitens fürchtete sie sich zu sterben und sie wollte wenigstens würdevoll aus dieser Welt gehen. Sie bekäme eine Narkose, denn sie würde sich niemals nur unter Betäubung einer solchen Behandlung hingeben. Sie würde allein schon vor Angst sterben. Zweimal schon war sie unter Narkose in der Zahnklinik operiert worden. Jedes Mal war es ein Weisheitszahn, der ihr gezogen werden musste. Diesmal wäre es ihr linker Eckzahn.

Da mindestens achtzig Prozent ihres Bewusstseins davon überzeugt waren, dass sie den nächsten Tag nicht überleben würde, umrundete sie noch einmal ihren Garten und verabschiedete sich von allem, was sich darauf befand. Sie umarmte ihre Trauerweide, roch noch einmal an den schon ein bisschen welken Fliederblüten, streichelte lange ihren Clary, einen alternden Mischlingshund, den sie vor zwölf Jahren aus dem Tierheim gerettet hatte und nahm ihre Katze auf den Arm. Schließlich ging sie gefasst und traurig zum Telefon, rief ihre beste Freundin an und bat sie nach ihrem Haus und den Tieren zu schauen. Sie blickte nicht zurück, als sie in das Auto stieg und fort fuhr, es reichte schon dass ihr die Tränen in Strömen über die Wangen liefen.

Vier Stunden später lag sie auf dem Rollbett, wurde den langen Gang Richtung OP gefahren. Sie war davon überzeugt, dass sie dieses Haus nicht lebend verlassen würde, als sich die

Schwingtüren im grellen Operationsraum hinter ihr schlossen.

Sie setzten ihr mit beruhigenden Worten die gläserne Maske über Mund und Nase. Sie war nicht zu beruhigen, sie bibberte am ganzen Körper und während sie darauf wartete, dass es dunkel wurde, sprach sie zum ersten Mal in ihrem Leben ein kleines Gebet. Nein, es war ein herzzerreißender, innerer Schrei: „Himmel hilf!" Eine nicht enden wollende Zeitspanne sah sie nur grelles Licht, das sie seltsamerweise nicht blendete. Mit Schrecken nahm sie wahr, dass sie offensichtlich die Narkose falsch dosiert hatten. Ihre Augen blieben offen und sie versank nicht in Dunkelheit.

Sie versuchte zu schreien, aufmerksam zu machen, ja sie versuchte wild um sich zu schlagen. Aber sie konnte keinen Finger bewegen. Paralysiert von dieser Panik blieb sie mit aufgerissenen Augen und völlig verkrampft in diesem gleißenden Licht liegen. Dann bemerkte sie einen Schatten, der auf sie zu kam. Vielleicht war es der Anästhesist, der doch bemerkte, dass sie noch nicht weg war. Der Schatten wurde größer, hüllte sie ein und sprach zu ihr: „Hab' keine Sorge, es ist alles in Ordnung." Und im gleichen Moment als sie diese sanfte Stimme hörte, bemerkte sie, wie sie sich erhob und von oben herab auf ihren Körper blickte.

Völlig fassungslos sah sie, wie drei Menschen in weißen Kitteln sich an ihrem Mund zu schaffen machten und sie bemerkte auch die Gleichgültigkeit, mit der sie die Szene beobachtete. Dann schwebte sie durch die Zimmerdecke, sah auf ein rot gesprenkeltes Dach, flog noch höher über einer Stadt und stieg immer noch weiter hoch, bis unter ihr alles wie eine Puppenstube aussah. Sie sah immer noch alles in gleißendes Licht getaucht und das Wesen, das vorhin mit sanfter Stimme zu ihr gesprochen hatte, nahm sie an der Hand und rauschte mit ihr in den Sternenhimmel, einem wunderschönen Licht zu. Dieses Licht war so herrlich, dass Mariana alles andere vergaß. Immer schneller raste sie darauf zu, das Rauschen um sie herum wurde lauter und lauter.

Dann wurde sie gestoppt, mitten in dieser schnellen Bewegung. Es tat irgendwie weh und sie wollte eigentlich weiter auf das Licht zu schweben, doch vor ihr tauchten plötzlich Bilder auf. Sie sah ihren Hof unter sich, die geliebte Trauerweide, sah ihren Clary herum toben, wie er noch jünger war und beobachtet fasziniert seine Bewegungen und spürte ihre Liebe zu all dem, was sie da unter sich sah, in einer Intensität, die sie niemals für möglich gehalten hätte. Je intensiver sie alles beobachtete desto näher fühlte sie sich allem. Immer noch war alles ungewohnt hell, was sie betrachtete, doch jetzt zog eine starke Kraft sie wie ein Sog wieder abwärts.

Schon konnte sie wieder die Stadt von oben sehen, das Dach des Krankenhauses, den OP und sich selbst auf dem Operationstisch. Irgendwie war Aufregung im Raum, einer der

Ärzte massierte ihren Brustkorb und mit einem Mal spürte sie diese Herzmassage wieder körperlich. Sie schlug die Augen auf und blickte in drei besorgte Augenpaare.

Doch Mariana war überhaupt nicht besorgt. Sie schloss die Augen wieder und genoss still die inneren Bilder, von denen sie gerade zurück gekehrt war noch einmal. Ein tiefer Frieden erfüllte sie vom Scheitel bis zur Sohle und vor allem im Herzen.

Der gebeugte Rücken

Nein, nein und noch mal nein – nicht schon wieder. Das kann doch nicht sein, dass es kein Entkommen gibt! Bin ich der einzige Mensch, der nicht zu retten ist, oder sind wir es alle nicht? Thorus ging gebeugt durch die Äcker, die gelb vom blühenden Senf leuchteten. Alles flimmerte hell und farbig, so als wäre alles wunderschön. Alles Lug und Trug. Keiner sah hinter die Dinge, die Menschen redeten sich die Welt einfach nur schön, weil sie sonst unerträglich wäre. Verstehen konnte er das, aber er gehörte nicht zu diesen Schwächlingen, die flach auf dem Boden liegen würden, unfähig sich zu rühren, wenn sie erkennen könnten, was er sah. Wenn sie es zuließen, die Realität so wahrzunehmen wie er es tat. Es war ihm, als wenn er auf einem Turm stünde und weit unter ihm wuselten die weltlichen Geschäftigkeiten. Diese kleinen Wesen, kaum einen Zentimeter groß, irrten umher, - plan- und ziellos, - heillos in ihre Dramen verwickelt. Getrieben ständig umher zu rennen, aus Angst stehen zu bleiben und sehen zu müssen, was die Wirklichkeit ist. Nein, was ihm einen Rundrücken eingebracht hatte von der schweren Last, konnte ihn nicht niedermähen und zermalmen. Er war es gewohnt die Stirn zu bieten, auch wenn sie schon ganz höckerig war von den schweren Gedanken.

Sie taten ihm leid, diese fleißigen Ameisen und emsigen Bienen, die dem "Großen Gesetz" dienten, das sie letztlich nur ausbeutete. Das sie nur in ständiger Geschäftigkeit hielt, nur um sie daran zu hindern, dass auch nur einer jemals einen klaren Gedanken fassen konnte. Welch sinnloses Unterfangen, unentwegt umher zu rasen, nur um nicht zum Nachdenken zu kommen! Aber immerhin, litten diese unterworfenen, gefangenen Wesen dadurch nicht weniger als er? Waren sie am Ende nicht vielleicht sogar besser dran als er? - Sein Leid, das durch das Erkennen ausgelöst wurde, wäre vielleicht nicht so sehr schmerzlich, so allumfassend und so,dass es ihm jegliche Hoffnung, jegliche Zuversicht raubte, wäre er ein bisschen mehr so wie sie. Und war es nicht tatsächlich so, dass diese schmerzhafte Resignation und Hoffnungslosigkeit ihn doch letztlich zerstörten?

Sein Widerstand gegen das gemütliche Elend der "Zentimeter-Menschen", seine radikale Weigerung, es ihnen gleich zu tun, brachte ihm vielleicht nur ein, dass sein Leben hier lediglich immer hoffnungs- und auswegloser wurde. War er vielleicht in Wirklichkeit dümmer als diese kleinen Wesen, die sich vollendet anpassten, an die Fälschungen dieser Welt?

War er nicht auch ein Wesen, das einer Verblendung folgte, in anderer Hinsicht, vielleicht? Um ja nicht die eigene Täuschung sehen zu müssen, dass er ein vielleicht ein ebensolches Insekt war, das nur nicht einsehen wollte, dass er eben eines von ihnen war?

In seiner gebückten Haltung, in der er durch die Felder ging, fiel ihm ein eifrig hin und her laufendes Insekt auf. Als er sich nieder hockte, um es genauer zu betrachten, sah er eine Spinne, die zwischen den Gräsern ein Netz baute. Fasziniert beobachtete er ihre intensive Arbeit und dachte mit Hochachtung über das fleißige Tierchen nach: So ein emsiges Tier, ganz aufgehend in seiner Arbeit, die letztlich dem Verderben einer anderen Art diente – ohne zu überlegen, einfach nur seiend – ohne Bedenken moralischer Art – sicherte es sein Überleben. Und das erste Mal kam ihm der Gedanke, dass er vielleicht mit diesem Insekt tauschen möchte. Es war ein Einzelgänger, verglich sich nicht, und die Frage nach Glück oder Unglück war ihm fremd.

Das ungleiche Paar

„Jetzt freu dich doch," mahnte Erlandus seine Frau, „immer bist du so griesgrämig – warum bloß? Was fehlt dir denn zu deinem Glück, du hast doch alles." Lindana schüttelte nur den Kopf und gab keine Antwort. Im Stillen dachte sie: „Du Tor, was weißt du schon" und erklomm mühsam die letzten Meter auf dem Hang. Erlandus verstand seine Frau nicht, warum war sie nicht glücklich?

Er gab sich solche Mühe und las ihr jeden Wunsch von den Augen ab. Das Einzige, was er ihr nicht geben konnte, wozu sie beide nicht fähig waren, war gemeinsam Kinder zu bekommen. Natürlich schmerzte ihn das auch, aber um nichts in der Welt hätte er eine andere Frau genommen. Er war, trotz dieses Umstandes, sehr glücklich, und er fand auch, dass sie prächtig zusammen passten. Sie war ausnehmend hübsch in ihrem schillernden Blau. Nun waren sie in seiner Verwandtschaft alle dagegen gewesen: „Das geht doch nicht! Ihr könnt euch nie vermehren! So was tut doch nicht gut! Bleibt unter Euresgleichen! Ihr werdet schon sehen, Gott wird euch strafen!". So ging es die ganze Zeit. Es war so schlimm, dass sie sich entschlossen wegzuziehen.

Aber jetzt waren sie schon vier Jahreszeiten von seiner Heimat weg. Diese ständigen negativen Reden hatten aufgehört, und es gab wirklich keinen Grund, traurig oder sauer zu sein.

Den ganzen Tag konnten sie sich auf dem Weinberg tummeln, und jetzt im Hochsommer, wo manche Trauben schon voll heran gereift waren, hatten sie praktisch ein Schlaraffenland. Sie konnten die bereits schon etwas überreifen Weintrauben vertilgen und sich den Bauch mit diesen wunderbar schmeckenden, gärenden Früchten voll schlagen und ihren Schwips dann anschließend im Schatten der großen Blätter ausschlafen.

Es gab so gut wie niemanden, der sie hier störte oder gar bedrohte. Im Schutze der langen Reihen der Weinreben ließ es sich ungestört verweilen. Man hatte schließlich gelernt, sich auch vor der Entdeckung des Weinberg-Besitzers zu schützen, der ab und zu auf Stippvisite kam. Er hatte sie auch noch nie entdeckt. Seine Frau nippte gerade an einer der überreifen, blauen Traube und er tat es ihr nach.

Kurz danach lagen sie halb betrunken im hohen Gras, die blau schimmernde Mistkäferin neben dem tiefschwarz-glänzenden Hirschkäfer - und ruhten sich lange aus.

Das Geheimnis

Frieda war nicht zu stoppen. Ihrem Drang nach Perlheim zu laufen musste sie einfach nachgeben, denn sie hätte es keine Stunde mehr zu Hause ausgehalten. Er würde nach Hause kommen — endlich nach Hause kommen. Sie lief so schnell sie konnte die Abkürzung zum vier Kilometer weit entfernten Dorf.

Niemand zu Hause wusste, wohin sie unterwegs war, durfte es auch nicht wissen. Keiner durfte es wissen. Sie musste ihn warnen, bevor er wieder in seinem Heimatdorf auftauchte. In ihrem Kopf war totales Chaos. Tausend Fragen rasten dort herum: Wie sollte sie es ihm sagen? Wie und wovor warnen? Würde er es schon ahnen? Sollte sie ihm überhaupt alles erzählen oder nur die Hälfte? Sollte sie ihm die Wahrheit sagen? Frieda war unsicher, aber sie wusste genau, dass sie ihn vorher sprechen musste. Mit ihm vereinbaren, wie sie vor der Familie auftreten würden. Sollte sie das Geheimnis lüften? Was würde er dazu sagen?

Fast wie von Sinnen raste sie die Feldwege entlang. Links und rechts stoben die Vögel aus den Kornfeldern hoch, wie sie so dahin rannte. Wie er jetzt wohl aussah, acht Jahre später? Sicherlich würde sie ihn gleich wiedererkennen, egal wie er sich verändert hatte.

Seinen letzten Brief hatte sie bestimmt 30 Mal gelesen: „Ich freue mich so sehr Dich wiederzusehen, ich habe Dich so unendlich vermisst. Jetzt wird alles gut". Von wegen – alles wird gut – nichts würde gut werden. Natürlich freute sie sich auch, ihn wiederzusehen — aber unter diesen Umständen .... Wie brachte sie es ihm nur bei?

Die ersten Häuserreihen von Perlheim waren zu sehen, sie ging um das Dorf herum. Viel zu früh war sie hier. Um 10.15 Uhr sollte der Zug erst kommen, und jetzt war es erst kurz vor acht Uhr.

Der Morgenreif glitzerte noch auf ihren Zehen als sie auf einer einsamen Bank, in Sichtweite des Bahnhofes, Platz nahm. Frieda hatte noch Zeit sich alles sehr genau zu überlegen. Jetzt, wo die Stunde der Wiederbegegnung so nah war, begann ihre Freude der Furcht zu weichen. Wie würde er es aufnehmen, wenn sie ihm die Wahrheit sagte? Vielleicht würde er gleich wieder umdrehen und fortgehen. Aber mit der Lüge könnte sie auch nicht leben, — noch dazu ihm gleichen Haus, das hatte sie schon ganze acht Jahre tun müssen. Ihn wollte sie nicht auch noch belügen.

Endlich war es soweit. Der Lautsprecher verkündete die baldige Einfahrt des Zuges. Sie erhob sich nach diesen zwei endlosen Wartestunden schwerfällig von der Bank.

Sie fühlte sich um Jahre gealtert. Diese Zerrissenheit zwischen Liebe und Angst hatten körperlich und vor allem seelisch an ihr gezehrt. Der einfahrende Zug hielt mit unerträglichen Bremsgeräuschen. Ein Teil von ihr wollte weglaufen, aber sie blieb tapfer mit gequälten Gesichtsausdruck stehen.

Nur eine Person stieg aus. Die Sonne blendete sie, so dass sie nicht gleich erkennen konnte, wer es war. Aber ihr Innerstes wusste genau, dass er es war. Dann, als er nur noch etwa fünf Meter von ihr entfernt war, erkannte sie sein Gesicht. Es wirkte älter, um vieles älter und irgendwie fremd auf sie. Langsam gingen sie aufeinander zu, blieben verlegen und wortlos voreinander stehen. Beklommenheit machte sich zwischen ihnen breit. Ihm erging es wohl genauso wie ihr. Dann fasste sie sich ein Herz und nahm ihn kurz in die Arme, ließ ihn gleich wieder los, fasste ihn aber an der Hand und zog ihn energisch samt seines Koffers mit sich. Frieda ließ ihn erst los, als sie wieder vor der Bank standen, auf der sie über zwei Stunden auf ihn gewartet hatte. „Setz dich bitte!", forderte sie ihn auf. Kaum saßen sie, sprudelte es aus ihr heraus - alle Vorsicht vergessend: „Armin hör zu. Wir haben eine Tochter. Als du weg warst, war ich schon im zweiten Monat schwanger. Sie heißt Elsa und ist jetzt sieben. Sie weiß nicht, dass du ihr Vater bist. Sie soll es auch nie erfahren. Verstehst du? Und die Eltern auch nicht. Ich sagte ihnen, es wäre nach einer Party passiert, in der Großstadt drüben, ich hätte ihn nicht gekannt. Sie wissen nichts, und so soll es auch bleiben."

Armin starrte sie mit erschrockenen Augen an. Er nickte nur und konnte nicht sprechen. Eine Weile blieben sie noch schweigend sitzen. „Komm Armin, komm jetzt, bringen wir es hinter uns." Schleppend langsam und nicht nur wegen dem schweren Koffer, traten sie den Heimweg an. Noch einmal fing Frieda an zu sprechen: „Noch was Armin, deine Tochter ist anders". „Wie anders?" — „Eben anders, du wirst schon sehen." Es dauerte fast eine Stunde, bis sie im Waldgässchen 12 ankamen. Gerade trat Armins Mutter aus der Haustüre und ließ beim Erkennen ihres Sohnes den Wäschekorb fallen. Sie stürmte auf ihn zu und rief immer wieder: „So eine Überraschung, so eine Überraschung, endlich kommst du nach Hause. Warum hast du denn nicht einmal geschrieben. Woher wusstest du es denn, dass dein Bruder heute kommt Frieda?" — „Es sollte eine Überraschung werden", murmelte Frieda.

Da stürmte ein kleines Blondlöckchen aus der Türe, lief unbeholfen auf Frieda zu und stammelte etwas Unverständliches. Die Mutter sagte verlegen zu ihrem Sohn Armin: „Das ist Elsa, die Tochter deiner Schwester", und flüsterte ihm dann ins Ohr: „Sie ist zurückgeblieben."

Sophie – oder: Neuer Lebensmut

Frau Sophie Gründlich wachte am Morgen mit Kopfschmerzen auf. „In letzter Zeit habe ich die wieder öfter", dachte sie, während sie noch sinnierend liegen blieb – beinahe so wie in ihrer Jugend. Warum das wohl so war? Na ja, sie hatte in letzter Zeit auch eine Menge Schwierigkeiten. Immer geschah es ihr noch, dass sie in Situationen geriet, die sich letztlich als Fiasko herausstellten. Es fing immer so gut an: Sie entdeckte irgend etwas Neues, schöpfte neue Hoffnung für ihr tristes Leben, verfolgte dieses neue Thema mit allen Sinnen, und legte sich mächtig ins Zeug. Sie informierte sich über diese Sache sehr gründlich und war voller Begeisterung.

Dann wurde aus alledem allmählich ein sich verwandelndes Etwas, bei dem immer mehr Widerstände aus dem Weg geräumt werden mussten. Sie widmete sich diesen Widrigkeiten jedoch mit großem Enthusiasmus und nahm sie als Herausforderung.

Allmählich aber glitt das ganze Geschehen in etwas Quälerisches, Zähes bis es schließlich in völliger Hoffnungslosigkeit endete. Dann fiel sie in ein dunkles Loch und es schien – sie würde nie wieder daraus hervor kommen können. Meist waren Menschen, die sie ins Herz geschlossen hatte darin involviert und genau diese Personen waren es auch, die sich von ihr abwendeten, was sie in völlige Verzweiflung stürzte.

Sie war jetzt 72 und immer noch hatte sie unter dem „Rauf und Runter" ihrer Gefühlswelt zu kämpfen. Es war sehr schwer und wurde immer schwerer, diese Art von sich anzunehmen. Schließlich war sie kein Teenager mehr. Damals schon sagten immer die Anderen: „Ja, die Sophie, immer himmelhoch-jauchzend und zu Tode betrübt." Ja, so war sie und hatte auch immer wieder versucht ein „beruhigteres Leben" zu leben, aber es ging eigentlich immer nur dann, wenn sie sich immer mehr aus allem, was Leben ist heraus zog und sich auf nichts mehr einließ. Letztlich landete sie dann wieder bei der Frage: 'Was soll ich denn noch hier? Und in dieser Verfassung zog sie alle möglichen „Funktionsstörungen" zu. Das war für sie dann ein Beweis, dass es jetzt endlich Zeit war zu gehen.

Vor mehr als 40 Jahren hatte sie einmal eine „Nahtoderfahrung", und seither hatte sie überhaupt keine Angst mehr vor dem Tod. Im Gegenteil, da war eigentlich immer diese tiefe Sehnsucht – das Jammertal hier zu verlassen und endlich frei zu sein.

Hier schien sie einfach nicht glücklich werden zu können, hier tauchte immer wieder soviel Ballast aus ihrer Kinder- und Jugendzeit auf, den sie scheinbar nicht loswerden konnte und immer wieder kehrte. Jetzt mahnte sie sich an, endlich aus dem Bett zu steigen, das war auch so etwas: Seit einiger Zeit wollte sie einfach nicht mehr aufstehen und musste sich zwingen, es überhaupt noch zu wollen. Es schien ihr einfach nichts mehr lohnenswert, egal worauf sie sich einließ. Entweder war es langweilig und ohne Hochgefühle oder begeistert, aber mit einem schrecklichen Ende versehen. Beides wollte sie schon lange nicht mehr, es schien es so, als gäbe es nichts anderes für sie, als diese beiden Extreme. Sie erholte sich gerade langsam wieder von dem letzten Drama, das ihr beinahe jede Lebenskraft gestohlen hatte.

Was machte sie nur falsch? Wieso konnte sie nicht unterscheiden was richtig und falsch für sie war? Warum konnte sie bei einer Sache, die sie für richtig hielt, nicht erkennen, dass sie gefährlich für ihr Wesen war? Wieso verirrte sie sich immer? War sie vielleicht schon dement? Nein, dann wäre sie ja schon immer dement gewesen, das begleitet sie ja nun wirklich schon ihr ganzes Leben lang. Nur ließen allmählich ihre Kräfte nach, und mit jedem Fiasko erlahmte ihr Lebenswille mehr. War das vielleicht normal? War das so eingerichtet, dass man immer schwächer wurde mit zunehmenden Alter, um dann besser von alles loslassen zu können? Vielleicht stimmte es ja, dass sie hierher gekommen war, weil es so geplant war, dass sie einiges hier abzutragen hatte! Was auch immer das war, sie hatte es noch nicht herausgefunden.

Montag Morgen, ein Tag wie jeder andere. Schon lange unterschied sie nicht mehr, ob Weihnachten oder Ostern war, ob Sonntag oder Mittwoch – es war ohnehin egal. Sie war jetzt allein, – sie hatte sich aus allen schmerzvollen Beziehungen gelöst und machte keine Anstalten mehr, neue Menschen kennenzulernen. Wenn sie jemand ansprach murmelte sie ein paar unverständliche Worte und vermied es, dem Gegenüber in die Augen zu schauen. Sie hasste es zum Briefkasten zu gehen. Meist traf sie da dummerweise irgendeinen geschwätzigen Menschen.

Heute musste sie nicht zum Briefkasten, sie wartete auf keine wichtigen Nachrichten, war heute nicht Montag? Da kam doch fast nie Post. Sie räkelte sich um elf Uhr noch im Bett und überlegte gerade ob sie aufstehen sollte, als sie ein Fiepen hörte. Wo kam das her? Es klang jämmerlich. Sie stand auf und ging dem Ton nach. Er kam vom Balkon. Es war durch die Scheibe nichts zu sehen. Sie öffnete leise die Balkontüre und schaute sich um. Das Fiepen war verstummt.

Sie wollte schon wieder fröstelnd hineingehen, als das Geräusch wieder zu hören war. Nun schaute sie genauer nach und fand in dem einen leeren Blumentopf, ein winziges, gelbes Vögelchen. Oh, dachte Sophie, so ein Winzling. Sie bückte sich langsam, nahm den Vogel vorsichtig heraus und trug ihn in der hohlen Hand hinein in die gute Stube. „Was bist du denn für ein Vögelchen, ich glaube du bist ein Kanarienvogel" murmelte Sophie. Ob es verletzt war? Zuerst saß das Vögelchen auf dem Sessel, auf den es die alte Dame hingesetzt hatte, völlig regungslos. Nur am blinzelnden Äuglein konnte man erkennen, dass es noch lebte. Die Flügel waren leicht gespreizt und wenn man ganz genau hinschaute, spürte man mehr, als man es sah, das hastig klopfende Herzchen hinter der weißgelben Brust.

So saßen sie sich gegenüber, die alte Frau ratlos – das Vögelchen angstvoll. Sophie's Gehirn arbeite im rasenden Tempo: Was sollte sie mit dem Vögelchen anstellen? Wem gehörte es? Sollte sie es zum Tierarzt bringen? Würde es überhaupt überleben? Wenn es stürbe, wie sollte sie es entsorgen? Einfach in die Mülltonne – nein!

Nun saßen sie sich ca. zwanzig Minuten gegenüber und taktierten sich gegenseitig. Plötzlich bewegte das Vögelchen sein Köpfchen und es kam mehr Leben in den kleinen Körper. Es nahm die gespreizten Flügel mehr zusammen, trippelte unruhig auf dem Sessel hin und her, legte sein Köpfchen mal auf die eine, mal auf die andere Seite.

Sophie dachte: Es scheint in Ordnung zu sein, alles dran und funktioniert offensichtlich. Und in der Tat – es fing tatsächlich an sich die Federn zu putzen und zurecht zu legen, die waren wirklich ein wenig zerzaust. Sophie wagte kaum sich zu rühren - um den Zauber nicht zu stören. Nur ihr Geist war weiterhin lebhaft damit beschäftigt, diese Situation zu klären: So ein süßes Kerlchen, was mach ich nur mit dir? Vielleicht vermisst dich ja jemand. Ich habe nicht mal einen Käfig für dich. Darf man denn einfach so einen zugeflogenen Vogel behalten? Und überhaupt, was fressen denn solche Kanarienvögel?

Sie müsste sich erst in einem Buch schlau machen. Sophie fing ganz leise an zu sprechen:"Hallo mein Kleiner, was hat dich denn zu mir verschlagen? Heißt das, du willst bei mir bleiben? Hast du ein anderes Zuhause? Haben die nicht gut auf dich aufgepasst?

Ich glaube ich muss mir einen Käfig besorgen und ein Buch und ein wenig Futter für dich."

Das Vögelchen legte wieder einige Male den Kopf schief, schien ihr aber genau zuzuhören. Sophie überlegte fieberhaft, ob sie das kleine Ding so alleine lassen konnte, um einen Käfig zu holen und sich aus der Bücherei ein Buch über Kanarienvögel zu besorgen. Schließlich hatte sie sich entschieden und meinte zu dem Kleinen: „Also habe keine Angst, ich komme bald wieder und dann gibt es ein paar Körner. Ich stell dir noch ein kleines Schälchen mit Wasser hin." Um das Tier nicht zu erschrecken, stand sie unendlich langsam auf und bewegte sich in Richtung Türe, holte das Wasser, stellte es mit Zeitlupen-Bewegungen auf den Tisch neben dem Sessel und entfernte sich vorsichtig.

Sie machte sich auf den Weg, um die Besorgungen zu erledigen. Nach einer Stunde kam sie mit Kanarienfutter, einem kleinen Käfig, Vogelsand und einem Buch über Kanarienvögel zurück. Sehr vorsichtig öffnete sie die Wohnzimmertüre – auf jeden Schritt achtend – und sah neugierig über die Sessellehne. Da saß der kleine Kerl immer noch, hatte sogar ganz erschöpft ein Schläfchen eingelegt und dabei sein Köpfchen unter den Flügel gesteckt. Sophie wollte ihn nicht stören, setzte sich leise mit dem Buch nebenan in die Küche und begann sehr interessiert darin zu lesen. Nach einer Stunde wusste sie alles über Kanarienvögel und war schon voller Vorfreude darüber, dass diese so schön singen konnten. Plötzlich hörte sie ein neues, ungewohntes Geräusch aus dem Wohnzimmer, sie huschte schnell zur Türe und schaute um die Ecke, da flog doch tatsächlich ihr neuer Freund seine Runden im Wohnzimmer.

Sie war total erleichtert, er schien in Ordnung zu sein und nicht verletzt oder krank. Wahrscheinlich war er bei der Kälte nach einer Weile ganz steif geworden und war jetzt in der guten Stube ‚aufgetaut'.

Sie beobachtete ihn sorgfältig und war schon gespannt wo er wohl landen würde. Nach ungefähr zehn Runden landete er genau auf ihrem Oleanderbusch am Fenster. Das war ein guter Ort. Sie richtete den Käfig her mit Sand, die Näpfchen mit Körnern und Wasser, und stellte alles zusammen auf den Schrank im Wohnzimmer neben der Balkontüre. Und kaum hatte sie ihn dahin gestellt, flog der Vogel auch schon hinein. Wunderbar, dachte Sophie – dieses Problem haben wir auch gelöst. Nun braucht er nur noch einen schönen Namen: „Na, du kleiner Spatz, wie heißt du wohl? Ich fürchte, ich muss dir einen anderen Namen geben, und ich glaube ich werde dich Peppo nennen. Gefällt dir der Name?" Er schien ihm zu gefallen, denn er tschilpte mehrmals und pickte fleißig Körner aus dem Napf.

So ging es die nächsten Tage und Wochen fort. Das Türchen des Käfigs blieb immer offen . Nur abends hängte Sophie ein blaues Tuch über den Käfig, in den sich Peppo bei Dämmerung zurückzog, in den er aber sonst nur zum Fressen und Trinken hinein flog. Den ganzen Tag flog er umher, inzwischen begleitete er Sophie in alle Räume (nur das Schlafzimmer war tabu) und beim Essen durfte er sogar auf dem Tisch sein und ein wenig vom Tellerchen nippen. Sophie war richtig fröhlich geworden und pfiff sogar jetzt öfter mal vor sich hin, denn weil Peppo nicht sang, dachte sie, er bräuchte ein wenig Unterstützung.

Eines Tages, als er wieder mal stürmisch und zerzauserisch auf Sophies Kopf landete, um dann auf ihre Schulter zu springen – so wie er sich das nun angewöhnte hatte – tschilpte er wie so oft ganz laut und mit einem Mal hörte sie dicht an ihrem Ohr ein deutliches: „Peppo". Sie fiel fast vom Stuhl vor Überraschung. „Na, so was" rief sie, „du bist ja ein Wellensittich, da muss ich dir aber gleich ein anderes Futter besorgen – du Schlawiner!"

Und so lebten sie noch viele Jahre glücklich und zufrieden miteinander. Peppo lernte noch viele Worte und Sophie wieder Lachen.

Frosch Raagie

Der Frosch Raagie machte große Augen. So was hatte er noch nie gesehen, wie groß sie war und schillernd - diese Wasserwand vor ihm, in der sich der Regenbogen spiegelte. Es sah wunderschön aus. Schnell sah er sich um, denn er hatte ein paar Mal ganz entzückt „aah" und „ooh" gerufen und das tun Frösche ja eigentlich nicht. Überhaupt – warum war er so anders wie seine Sippe? Wieso waren die anderen derart dumpfbackig und sahen keinerlei Außerge-wöhnliches oder besonders Schönes. Sie wollten immer nur fressen und fressen – etwas anderes interessierte sie nicht.

Raagie fand Fressen auch durchaus befriedigend, nur war das Problem, dass er einen schönen Schmetterling oder einen prächtigen Käfer einfach nicht fressen konnte. Er bestaunte seine vor ihm laufende oder schwebende Nahrung dann so lange, bis sie schließlich verschwunden war. Aber die Schmeißfliegen, Stubenfliegen und Mücken konnte er schon vertilgen, da hatte er keine Skrupel, das war ein Glück, denn sonst würde er wohl verhungern. Raagie war auch nicht so fett und rund wie andere aus seiner Gruppe, er vergaß einfach zu oft, dass er ja auch fressen musste, um zu überleben. Nur wenn sein Magen so laut grummelte, dass alles Getier in seiner Nähe floh, erinnerte er sich wieder an diese überlebenswichtige Beschäftigung. Raagie hielt meistens Abstand zu seiner Familie und den weitläufigen Freunden und Bekannten. Die interessierten ihn eigentlich gar nicht. Es gab eine Zeit in seiner Jugend, da lag ihm noch viel daran bei ihnen zu sein, mit ihnen auf dem Teich, sitzend auf den Seerosenblättern sitzend - um die Wette zu quaken, aber das machte ihm Mühe, denn das Quaken fand er langweilig und außerdem vergaß er immer seinen Einsatz beim Froschkonzert. Man musste nämlich genau die Reihenfolge einhalten: zuerst einmal durfte das Froschoberhaupt quaken, dann sein Vater, seine Mutter, seine Onkel und Tanten, seine Brüder, seine Schwestern und dann erst er, denn er war der Jüngste und dann ging es wieder von vorne los.

Raagie schaffte es meistens nicht, sich darauf zu konzentrieren, wann genau er an der Reihe war, weil er irgend etwas Glitzerndes, Farbiges oder Sichbewegendes entdeckt hatte und seinen Blick nicht davon lassen konnte. Mit diesem Verhalten handelte er sich eine Menge Ärger ein und einige aus dem Froschclan verachteten ihn sogar dafür.

Nun erlebte er sein drittes Frühjahr und er beobachtete von Weitem, dass sich wieder viele Frösche versammelten, um ein geordnetes Froschkonzert abzuhalten. Dieses alljährliche, besonders große Treffen diente auch dazu, dass die Paarung stattfand und die Laicheier in dem Teich abgelegt wurden, damit im frühen Sommer neue Frösche schlüpfen konnten. Raagie war daran nicht mehr interessiert, da er schon letzten Frühling erleben musste, dass kein einziges

Froschmädchen sich mit ihm paaren wollte. Er wäre einfach zu dumm und zu hässlich und seine Kinder würden wohl ebenso falsch quaken wie er – hieß es. Da blieb er lieber gleich allein. Auf diese Enttäuschung verzichtete er freiwillig.

Während des weithin hörbaren Quakkonzerts vergnügte er sich damit die Spiegelungen im Wasser zu betrachten. Er sah die weißen Wolken vorüberziehen und auch einige Vögelchen. Sicher wissen alle, dass Frösche ihre Augen seitwärts haben und weil sie immer nur auf der Suche nach naher fliegender oder kriechender Nahrung sind, sehen sie nichts anderes. Raagie war da anders, es stimmte ihn sehr friedlich und glücklich wenn er ins Wasser schaute und dort die Bewegungen der Wolken und Vögel verfolgen konnte. Plötzlich sah er einen Schwarm großer Vögel im Spiegel des Teichwassers, diese Vögel hatten rote, lange Schnäbel, schwarz-weißes Gefieder und ganz lange Beine. Er hatte noch nie so eine Art gesehen, aber ein Urinstinkt warnte ihn und als er schließlich sah, dass sie sich genau auf die Froschkonzertgruppe zu bewegten und immer größer wurden, hüpfte er aus dem Schilf heraus und schrie einen gewaltigen Quak heraus, so dass ihm selbst ganz gruselig wurde.

Die Folge war, dass die meisten der Frösche vor Schreck ins Wasser sprangen, denn so einen Schrei hatten sie noch nie gehört. Die Gruppe der großen Vögel – vielleicht habt ihr es schon erraten – es waren Störche, deren Leibspeise Frösche sind. Nun hatten sie wegen dem

Warnschrei von Raagie nur einen einzigen Frosch erwischen können, und das war ausgerechnet das Froschoberhaupt.

Die Frösche, die wegen dem Schreckenschrei ins Wasser gesprungen und so dem sicheren Tod entgangen waren, bedankten sich bei Raagie und wählten ihn schließlich als neues Oberhaupt- In der Folgezeit konnte er sich gar nicht mehr retten vor lauter Fröschinnen-Angebote.

Seine Aufgabe als Warner der Gruppe hat er gewissenhaft zeit seines Lebens ausgeführt, denn es war ohnehin für ihn ganz leicht, weil er doch so gerne in die glitzernde Oberfläche des Teiches sah um die Wolken zu beobachten.

Liebeliebeliebelei

„Gravutisch könnte man werden", schrie Egmont in die Nacht. Er lief den Hang in fast völliger Dunkelheit hinauf. In so einem Fall musste er einfach rennen, je schneller desto besser. Nur so konnte er die Spannung in seinem Körper und den Zorn in seinem Herzen einigermaßen bändigen. Er raste bergauf und – das war ja abzusehen – fiel…. Irgendetwas war auf seinem Weg gelegen, das er nicht gesehen hatte in der mondlosen Nacht. Er stand auf, schüttelte seine Glieder und klopfte sich den Staub von den Hosenbeinen.

Dann bückte er sich und tastete nach dem, was ihn zu Fall gebracht hatte. Er fühlte eine Erhebung, ganz glatt und irgendein Muster war darauf, - und das Ding bewegte sich. Gerade als er diese Bewegung wahrgenommen hatte, ertönte eine Stimme: *„Pass doch auf, ich bin doch kein Holzklotz!."* – „Wer bist du denn?", rief Egmont erschrocken. *„Ich bin Hilda, aber was spielt das für eine Rolle. Ich bin ein lebendiges Wesen und du kannst mich nicht kicken wie einen Fußball, du elender Wurm!"* – „He, also das geht zu weit. Ich lass mich von dir nicht als Wurm beschimpfen! Du kriechst doch selber auf der Erde herum wie ein Wurm", rief Egmont verärgert.

Darauf antwortete das ‚lebendige Wesen' nur mit einem „Phh". Egmont war neugierig und wollte herausfinden, was da zu ihm sprach: „Sag schon, wer oder was bist du denn, ich entschuldige mich auch für den unsanften Tritt, den ich dir gab, als ich in der Dunkelheit gestolpert bin. Ich habe dich einfach nicht gesehen."

„Was spielt das schon für eine Rolle – wer oder was ich bin – ICH BIN – basta", antwortete es ihm aus der Schwärze. „Na, dann eben nicht" meinte Egmont und stapfte weiter. Da hörte er hinter sich die Frage: *„Warum bist du so wütend, dass du so blind durch die Gegend hetzt?"* - „Ich soll dir was verraten, wo du mir nicht mal sagst wer du bist?" erwiderte Egmont. *„Hast du mir denn etwa verraten wer du bist?"* fragte die unsichtbare Stimme.

Egmont wurde nachdenklich: „Ja, das ist wahr. Also wir fangen von vorne an. Ich bin Egmont, ein menschliches Wesen und mache einen Spaziergang in der Nacht. Besser so?" – *„Ich bin Hilda und eine Wahrsagerin und hasse es, wenn Leute mich belügen."* – „Hmm, also ich belüg dich nicht", meinte Egmont. *„Und ob du das tust!"* erwiderte Hilda. „Wo lüge ich?" – *„Na, das mit dem Spaziergang"* – „Ja, gut, es war kein richtiger Spaziergang, eher ein Lauf, weil ich wütend war und um mich abzureagieren." – *„Siehste, und wenn du nicht so wütend gewesen wärest, dann hättest du mich auch nicht übersehen."* – „Wie denn das, es ist doch stockfinster, da hätte ich dich auch übersehen, wenn ich eine Schnecke gewesen wäre", meinte Egmont. Hilda: *„Wenn du nicht wütend den Berg hinauf gerannt wärest, dann wären wir uns gar nicht begegnet."* – „Wie denn das?" fragte

Egmont. *„Denke darüber nach!"* – „Papperlapp, du komische Kröte", Egmont wurde schon wieder wütend und hatte Mühe mit der Höflichkeit. *„Warum wirst du schon wieder so gemein, habe ich Dir etwa etwas getan?"* war Hildas Gegenantwort. „Ja, du bist eine Besserwisserin", entgegnete ihr der immer wütender werdende Egmont. – *„Das habe ich nie geleugnet, denn Wahrsager wissen immer alles besser und früher als andere. Ich habe dir doch gesagt, dass ich eine Wahrsagerin bin."*

Hilda verlor nun langsam auch ihre Ruhe und meinte nur noch: *„Weißt du, ich sag dir jetzt nur noch eines: Geh nach Hause, zügle deine Launen und dann wirst du sehen, dass dort in deiner Kammer ein Wesen sitzt, das auf dich voll Liebe wartet und wenn du dich besinnst und dieses Wesen in seiner wahren Art erkennst, wirst du all deinen Ärger verlieren und dich beruhigen. Und du musst dich gar nicht in der dunklen Nacht auf holperigen Wegen aufhalten und dabei fremde Wesen kicken."* Mit den letzten Worten entfernte sich die Stimme von Hilda bereits. Dann stand Egmont ganz allein in der Dunkelheit. ‚Komisch', dachte er, aber er befolgte die Weisung und ging nach Hause.

Als er erwartungsvoll die Türe aufmachte, sah er sich neugierig um, aber seine Freundin – mit der er sich vor einer Stunde noch tierisch gestritten hatte – war nicht da. Enttäuscht verschloss er die Haustüre hinter sich, zog die Jacke aus und dachte: „Wie konnte ich der blöden Hilde überhaupt glauben, von wegen Wahrsagerin!"

Er holte sich ein Bier aus dem Kühlschrank und setzte sich auf die Couch neben seine Katze. Er streichelte sie zärtlich und murmelte: „Na, liebe Hildegard, du bist doch meine treue Seele, gell, mein Kätzchen, du verlässt mich nie!" Und mit einem Mal fühlte er sich äußerst friedlich.

Fetthenne

Myrtia litt schon seit Jahren an ihrem grässlichen Namen. Sie hieß Myrtia Fethahn und seit sie zur Schule ging riefen sie ihr schon immer diese Beleidigungen nach. Sie hatte alles versucht und sich bei der Lehrerin beschwert, sogar beim Direktor war sie deshalb schon gewesen, sie hatte die Rufer verprügelt, sie ignoriert und geweint. Es half einfach nichts, sie riefen ihr immer noch „Fetthenne" nach oder sprachen sie auch direkt so an.

Nun war sie im letzten Schuljahr der Hauptschule, sie war nie gut in der Schule gewesen, vielleicht weil sie es hasste dorthin zu gehen und weil sie so oft geschwänzt hatte. Ihre Eltern hatte es nie gekümmert und sie hatten es auch nie wirklich verstanden, dass sie diese Namensumwandlung derart kränkte. Sie hatten andere Probleme, der Vater war arbeitslos und trank und die Mutter ging zwölf Stunden am Tag putzen. Für die war das kein Problem.

Vielleicht hätte es Myrtia nicht so verletzt, wenn sie nicht tatsächlich ein paar Kilo zu viel gehabt hätte. So traf sie die Beleidigung noch mehr, denn sie hatten ja einen wahren Kern. Ihre Versuche abzunehmen begann sie schon als Zehnjährige, sie glaubte, wenn sie ganz dünn wäre, würden sie aufhören mit dieser Beschimpfung. Aber das war ein Irrtum, denn sie wog damals sogar so wenig, dass sie laut Gewichtstabelle, für ihre Größe bereits im

Untergewichtsbereich war. Trotzdem riefen sie ihr weiterhin dieses Wort nach. So begann sie wieder zu essen und Gewicht zuzunehmen. Jetzt war sie leicht pummelig, aber wenigstens tröstete sie das Essen.

Im letzten Schuljahr überlegte sie ernsthaft welchen Beruf sie ergreifen sollte. Sie hatte eigentlich keine Ahnung wozu sie sich eignen würde. Zum Glück gab es für die Schulabschluss-Klassen eine Praktikums-Schnüffelphase, das hieß, die Schüler konnten sich bis zu drei Firmen aussuchen, bei denen sie sich ausprobieren konnten. Eines Tages ging sie an einer Gärtnerei vorbei. Es war eine Klostergärtnerei und die Blumen hinter dem Gartenzaun faszinierten sie. Kurzentschlossen ging sie hinein und bewarb sich bei diesem Gärtnereibetrieb. Zwei Wochen sollte sie dort die Pflanzen kennenlernen und alles über sie erfahren.

Fünf Wochen später war es soweit und sie wurde mit einer der Nonnen mitgeschickt. Es war eine sehr nette Schwester, sie lächelte Myrtia freundlich an und beantwortete alle ihre Fragen geduldig. Dann kamen sie an einer großen, wunderschönen rosa Blume vorbei. Schnell fragte Myrtia, wieso diese Blume so anders aussah als die anderen. Die freundliche Schwester erklärte ihr: „Das ist eine Blume, die das Wasser speichern kann. Das ist wichtig in Zeiten, wo es wenig Regen gibt. Schau, die Blumenblüte besteht aus hunderten von kleinen rosa und weißen Sternchen, sie ist wie ein Himmel voller Sterne. In den dicken fleischigen

Blättern kann sie die Flüssigkeit ganz lange speichern. Fühl mal, sie sind ganz geschlossen und glatt, deshalb verliert sie auch bei größter Hitze kaum ihren Pflanzensaft. Erst nachts öffnet sie ihre Poren und atmet." Myrtia besah sich die winzigen Sternchen der Blüten, befühlte die Glätte der runden Blätter und fand sie wunderschön. „Wie heißt sie denn?" fragte sie und die Nonne antwortete ihr: „Sie heißt Fetthenne, - ein passender Name nicht wahr?"

Myrtia spürte einen Stich in ihrem Herzen, aber dann betrachtete sie weiterhin liebevoll diese schönen Sternchen, strich über die glatten Blätter und allmählich hörte der Schmerz in ihrem Herzen auf.

Zwei Wochen später auf dem Schulhof, als sie ihr wieder den Namen Fetthenne nachriefen, dachte sie spontan an diese wunderbare Blume und diesmal blieb der Schmerz in ihrem Herzen aus.

Lebendiges Leben – oder „Wortlosigkeit"

Francin lebte glücklich in diesem Haus. Nichts belastete sie und das war gut so. „Friede im Herzen" war ihr Motto. Früher, als Kind war sie sehr ängstlich gewesen, so ängstlich, dass sie meist im Hause blieb, während ihre Geschwister draußen spielten.

Stattdessen schwelgte sie in Büchern und bereiste auf diese Weise ihre Wunschwelten, die sehr spannend waren, denn sie konnte sich alles in lebhaften Bildern vorstellen.

„Francin", tönte die Stimme ihres Vaters herauf, „hast Du schon wieder Deine Nase in den Büchern? Komm doch runter mein Kind, wir wollen ein wenig im Garten arbeiten". „Nein, Pa – ich bin gerade in Australien und es ist soooo spannend. Ich komme nach," antwortete sie ihrem Vater. Und dabei blieb es dann auch, sie vergaß sofort wieder ihre gesprochenen Worte. Stattdessen reiste sie mit den Aborigines durch die Landstriche und aß mit ihnen Schlangen und Wurzeln. Sie erlebte viele Abenteuer mit den Ureinwohnern und vergaß alles um sich herum. Sie hätte sogar vergessen zu den Mahlzeiten und zur Schule zu gehen, wenn man sie nicht ständig dazu aufgefordert hätte.

Das Einzige woran sie nicht erinnert werden musste, war die Ablaufzeit ihrer geliehenen Bücher aus der Bücherei. Die brachte sie schon immer weit vor dem Abgabedatum zurück und holte sich neuen Stoff. Francin lernte auf diese

Art sehr viel, mehr als in der Schule, wo sie kaum zuhörte, weil sie entweder ihren Lesereisen nach sinnierte oder unter der Schulbank ihr neuestes Buch verborgen hielt und heimlich in den Seiten blätterte. So war Francin natürlich nicht gerade die Beste in der Klasse. Es ging sogar soweit, dass sie bereits zwei Mal nicht versetzt worden war. Ihre Eltern merkten davon nicht viel. Nein, ehrlich gesagt interessierte es sie nicht besonders, sie waren mit anderen Dingen beschäftigt. Sie hatten es hingenommen, dass Francin nicht versetzt worden war und dachten eben, dass sie ein wenig zurück geblieben war.

Als Francin 16 Jahre alt war, verbrachte sie immer noch ihre Tage mit Büchern in ihrem Zimmer. Nun musste sie nicht einmal mehr zur Schule und erledigte zu Hause nur ein paar Pflichten wie Abspülen und Betten machen. Zu mehr war sie in den Augen ihrer Eltern nicht fähig. Aber diese sprachen in letzter Zeit des öfteren über ihre Tochter, die so anders war. Eines Tages hielt dann ein Auto vor der Türe und die Mutter kam wortlos in ihr Zimmer, packte einen kleinen Koffer mit ihren Kleidern, nahm Francin an die Hand und hieß sie in das Auto zu steigen. Als das Auto anfuhr, stand die ganze Familie vor dem Haus und winkte. Francin war nun wirklich voller Angst. Sie presste ihr Büchereibuch, das sie nicht aus den Händen gelegt hatte, als ihre Mutter beim Kofferpacken war und schlug es mit klopfendem Herzen auf. Es war die Geschichte von „Adolfo, den niemand liebte" – sie konnte sich aber heute überhaupt nicht auf die Worte konzentrieren, und so blickte sie auf die vorbei fliegende Landschaft.

Zum ersten Mal seit langer Zeit sah sie grüne Wiesen, wunderschöne Bäume und die Wolken am Himmel. Sie schielte auf den Fahrer mit seiner Mütze, der sie eindringlich im Rückspiegel beobachtete. Nach ca. drei Stunden Fahrt hielt er an, holte ihren Koffer aus dem hinteren Teil des Autos und öffnete ihr die Türe. „Aussteigen" murmelte er nicht unfreundlich, und Francin stieg mit bangem Herzen aus. Da sprang ein Hund Treppenstufen hinunter und auf sie zu, sprang an ihr freudig hoch und wedelte lustig mit dem Schwanz. Francin hatte noch nie so nahe einen Hund gesehen und war völlig erstarrt vor Angst. Als jedoch nichts Schlimmes geschah und sie sogar wahrnahm, dass der große schwarzweiß gefleckte Hund lächelte, hielt sie ihm instinktiv die flache Hand hin und als dieser sie abschleckte, wagte sie es sogar ihn zu streicheln.

Nach und nach erschienen mehrere Menschen auf der Treppe zum Haus. Sie lächelten freundlich und es stellte sich heraus, dass sie auf einem „Gnadenhof" war, auf dem viele Tiere, die letzten Tage, Wochen und Monate ihres Lebens verbrachten. Sie wurden dort mit viel Liebe versorgt.

Francin durfte dort wohnen. Sie legte zum ersten Mal ihr Buch weg und fing an sich um die Tiere zu kümmern. Und und von nun erlebte sie spannende Geschichten in Wirklichkeit und nicht mehr nur in Büchern. Außerdem hatte sie gar keine Angst mehr – vor nichts und niemandem mehr.

Mrs. Erna

Frau Maler ging die Straße entlang. Die Hitze auf dem Belag der Straße ließ die Luft bis zu ihren Knien herauf flimmern. Es sah aus, als würde sie beinahe ohne Füße daher marschieren, und sie bewegte sich schnell, denn sie war überaus wütend. Frau Malers Gesicht war stark gerötet, vielleicht wegen ihrer Wut, vielleicht wegen ihres schnellen Laufs in der Hitze. Es hatte beinahe 30 Grad im Schatten und in ihrem Kopf war ein wirres Durcheinander. Sie begann laut vor sich hin zu murmeln und ein Mensch in ihrer Nähe hätte Wortfetzen gehört, die in etwa so klangen. „Du verdammter Lump, wie konntest du nur! Man sollte dich bei lebendigen Leib häuten…, noch einmal so eine Aktion und du bist tot."

Frau Malers Wut, oder Erna's, wie sie mit Vornamen hieß, ließ ihre Aura grellgelb bis grün erscheinen und wäre ihr in diesem Stadium ihrer Gefühle jemand begegnet, so wäre diesem sicherlich eine brutale Behandlung sicher gewesen. Aber zum Glück blieben alle Bewohner der Kriegstraße (was für ein passender Name) an diesem heißen Mittag in ihren kühlen Häusern. Erna war nur leicht bekleidet und ohne Hut in dieser Hitze aus ihrer Wohnung gestürmt. Empört über die Nachricht, die sie vor einer halben Stunde erhalten hatte, war sie sofort, ohne nachzudenken, aus dem Haus gelaufen.

Sie rannte und rannte ohne Unterlass und es

sah aus, als könnte sie keiner bremsen. Wohin lief Frau Maler denn nur? Wahrscheinlich wusste sie es selber nicht, denn sie schien blind zu sein für alles um sie herum, sie war völlig ihrer inneren Entrüstung zugewandt. So hörte sie nicht das Gefährt hinter sich, nicht einmal das laute Hupen.

Immerhin wurde sie so weit aus ihrem blinden Toben heraus geholt, dass sie plötzlich etwas vor sich auf der Straße wahrnehmen konnte. Während sie auf diese Stelle zuraste, und ihr Tempo noch beschleunigte, sofern dies noch möglich war, begann sie zu erkennen, dass es ein Hund war der da mitten auf der Fahrbahn lag.

Als sie fast bei ihm ankam sah sie, dass der Hund den Kopf hob und schnell aufsprang, zur Seite lief und den Schwanz dabei einzog. Erna war nun vollends emotional bei dem Hund, denn ein eingezogener Schwanz hieß bei einem Hund immer – Angst.

Frau Maler liebte Hunde, sie hatte schon in ihrer Kindheit immer ihre Sorgen mit den Haushunden geteilt und sie über alles geliebt. Sie stürmte dem Hund hinterher um ihn zu trösten in seiner Angst. Als sie ihm bis an den Straßenrand gefolgt war, schoss um Haaresbreite ein Tanklastzug, mit donnerndem Getöse und Dauergehupe, hinter ihrem Rücken vorbei. Der Luftzug ließ alles an ihr wehen, das dünne, geblümte Kleid und ihr schütteres, langes, graues Haar. Aber sie nahm nichts davon wahr Sie sah nur den mageren, zerzausten, schmutzigen Köter, der zitternd am Straßenrand kauerte und der ihr das Leben gerettet hatte.

Lisbeth Schissbeth

„Lissssbeth Schissbeth" riefen ihr die Kinder schon seit Jahren auf der Straße nach. Es machte ihr inzwischen nichts mehr aus. Sollten sie doch, es tat ihr nicht mehr weh. Sie wusste auch, dass die Kinder nichts dafür konnten. Es lag an den Eltern, die ihre Kinder einfach so wuchern ließen. Sie wusste auch, dass es an dieser Zeit lag, dass die Welt immer mehr aus den Fugen geriet, und die Werte in dieser Gesellschaft fast nur noch beim Geld lagen. Die Eltern hatten vor lauter Geld verdienen keine Zeit mehr, sich mit etwas Anderem auseinander zu setzen. Sie selbst hatte zwei Kinder groß gezogen, wohl-gemerkt fremde Kinder, die alle beide freundliche, mitfühlende Wesen geworden waren.

Lisbeth selbst hatte nichts für sich erbeten in diesem Leben. Sie war davon überzeugt, dass sie hier auf dieser Erde war, um für andere hilfreich zu sein. Als sie vom Arzt erfuhr, dass sie nie Kinder bekommen könnte, fiel sie erst einmal in eine tiefe Depression, denn ihr größter Wunsch war gewesen, eine Familie zu haben mit vielen Kindern.

Jetzt mit ihren 76 Jahren blickte sie auf ein reiches Leben zurück. Sie hatte mit ihrem geliebten Mann zwei Pflegekinder aufgenommen, die eine große Aufgabe waren, aber auch eine großen Freude. Ihr Mann war schon
vor acht Jahren gestorben – nun war sie allein.

Eben hatte sie den Brief ihres jüngsten Sohnes erhalten. Er war damals mit seinen drei Jahren aus Bangladesh gekommen, abgemagert, ängstlich und sehr scheu. Es dauerte einundeinhalb Jahre ehe er sein erstes deutsches Wort sprach. Er war 30 Jahre später nach Bangladesh zurückgekehrt und praktizierte dort schon seit 8 Jahren als Arzt in seinem Heimatland. Er schrieb ihr regelmäßig und berichtete von dem Elend dort, aber aus seinen Worten klang auch immer Zuversicht. Sie lehnte sich zurück und vor ihrem inneren Auge tauchten Bilder ihres Sohnes aus der Vergangenheit auf. Sie sah ihn als Ankommenden von damals und ging im Geiste seinen Entwicklungsweg durch.

Während dieser Gedanken füllte Wärme ihr Herz, aber auch Tränen ihre Augen. So weit war er entfernt, sie hätte ihn gerne wiedergesehen bevor sie dem großen Schöpfer vor Augen trat. Mara kam ihr in den Sinn, das erste Pflegekind aus Somalia. Sie war schon dort, wo sie bald hingehen würde. Maras Eltern waren beide an Aids gestorben und auch sie selbst starb an den Folgen dieser Krankheit im Alter von 14 Jahren. Sie war ein überaus tapferes Mädchen, schon als Baby weinte sie fast nie. Sie war später sehr fürsorglich mit ihren Puppen, es war reizend sie dabei zu beobachten. Sie hatte kein leichtes Leben, überall wurde sie ausgegrenzt.

Die Menschen außerhalb der Familie hatten soviel Angst vor Ansteckung. Damals war es noch schlimmer als heute. Wieder füllten sich Lisbeths Augen mit Tränen, als sie dieses lebenslustige Mädchen vor ihrem inneren Auge sah. Dieses Kind hatte sie gelehrt, keine Angst vor dem Tod zu haben. Sie starb mit einem Lächeln auf den Lippen und ihre letzten Worte waren: „Schau Mama, die warten schon auf mich im Licht. Es geht mir sooo gut! Sei nicht traurig."

Lisbeth erhob sich aus ihrem Sessel um sich einen Tee zu kochen, als es an der Türe läutete. Sie öffnete, und die Nachbarin fragte sie giftig: „Ist das ihr Hund? Er hat vor meine Türe einen Haufen gemacht. Machen Sie das weg!!" Mit diesen harschen Worten verschwand sie auch schon wieder in ihrer Wohnung, nicht ohne demonstrativ ärgerlich die Haustüre laut hinter sich zu zuwerfen. Das kleine Hündchen vor ihr zuckte bei dem Knall zusammen. Es war ein Mischlingshund, schwarz und ziemlich zerzaust. Er schaute sie aus großen dunklen Augen an, die sie mitten ins Herz trafen. „Na, komm schon rein", flüsterte sie ihm zu. Das ließ sich der kleine Kerl nicht zweimal sagen.

Da standen sie sich nun gegenüber in dem schmalen Wohnungsflur: „Was mach ich denn nun mit dir, du kleiner Racker? Wem gehörst du wohl, offensichtlich niemandem", dachte Lisbeth, so heruntergekommen wie er aussah. Die großen, schwarzen Augen sahen sie so herzzerreißend an. Irgendwie erinnerten sie sie an die Augen ihres Sohnes, als er sie zum ersten Mal ansah. „Weißt du was? Erst mal muss der Magen gefüllt werden, nicht wahr? Ja, und deine Hinterlassenschaft muss ich auch entfernen, sonst läutet diese Hexe gleich wieder." Er verstand sie offensichtlich, denn sofort wedelte er heftigst mit dem Schwanz. Sie schaute in den Kühlschrank, da fand sie noch einen Hühnchenschenkel von gestern. Sie kochte schnell in einer Fleischbrühe Nudeln, puhlte das Fleisch vom Knochen, und fertig war das köstliche Mahl.

Während der ganzen Zeit hatte der Hund brav neben ihr gesessen und abgewartet. Als das Fressen abgekühlt war, gab sie es ihm auf einen Teller. Ausgehungert machte der sich darüber her. Als er fertig war, sah der Teller aus wie abgespült. Sie lachte und meinte, dass sie ihn wohl Schlecki nennen sollte. Schlecki wurde gebadet, bekam eine Leine und alles, was so ein Hund eben brauchte.

Dann schrieb sie mehrere Zettel, die sie überall in ihrer Umgebung verteilte, darauf stand: „Zugelaufener, heruntergekommener, stark abgemagerter, schwarzgrauer Mischlingsrüde, gefunden" - dann ihre Telefonnummer. Sie wusste, dass sich ein eventueller Besitzer nach dieser Beschreibung wohl kaum melden würde. Aber es war die Wahrheit, und so hatte sie ein gutes Gewissen. Denn eigentlich wollte sie Schlecki nicht mehr hergeben.

So kam es, dass der Findlingshund zwei Monate später immer noch bei ihr war und sie täglich mehrmals mit ihm durch ihr Viertel ging. Sogar die Kinder vergaßen ihr 'Lisssbeth Schissbeth' hinter ihr herzurufen. Sie streichelten lieber den kleinen Schlecki. Lisbeth war glücklich wie schon lange nicht mehr. Sie sprach heimlich mit ihrer Tochter im Himmel und flüsterte ihr zu: „Du musst noch ein wenig warten auf mich!"

Solange du noch träumen kannst

Manu liebte es durch die Straßen zu trödeln und links und rechts, die vielen Schaufenster zu betrachten. Da konnte sie so schön träumen und sich vorstellen, dass sie reich wäre und sich dies oder jenes Kleid leisten könnte. Sie sah sich im Geiste schon in dem hellblauen Hochzeitskleid, mit den luftigen Rüschen und dem wundervollen Schleier, mit vier Meter langer Schleppe daran. Ach, wie wundervoll wäre es, wenn sie jetzt einen liebenswerten Freund an ihrer Seite hätte, der ihr einen Heiratsantrag machen würde. Sie seufzte und riss sich los von jenem Schaufenster, das sie an ihre Defizite erinnerte.

Durch die nächste Scheibe hindurch scheinend sah sie lauter Schmuck. Wundervollen Schmuck, bestimmt sehr wertvoll und auch da wandte sie sich bald ab, weil die vielen herrlichen Eheringe sie nur traurig machten.

Im Laden daneben sah sie die Auslage eines Kleidungsgeschäftes für Schwangere und Babies. Sehr vertieft drückte sie sich fast die Nase platt und betrachtete entzückt die niedlichen rosa, hellblauen und lindgrünen Strampelanzüge und Häubchen, ebenso wie die Spitzenrüschen-Kleidchen, die nur allzu reizend an ihrer Wunschtochter aus-sehen würden. Mit schwerem Herzen ging sie weiter zum nächsten Schaufenster.

Doch heute konnte sich Manu am Schaufensterbummel nicht so richtig erfreuen, sondern es machte sie richtig traurig.

Sogar die vielen Schokoladen und Pralinen in dem Fenster daneben fand sie öde. Für heute war es genug! Sie beschloss stattdessen ins Kino zu gehen. Sie öffnete ihre Geldbörse, um zu sehen ob ihr Geld dafür noch reichte. Als das geklärt war, ging sie um die Ecke und überquerte die Straße zum Kino.

Auf der Leuchtschrift stand: Der Wunschtraum! Das klang nicht schlecht. Mal sehen was dieser Spätnachmittag noch bringen würde. Sie löste die Kinokarte und als sie durch den Vorhang in die Dunkelheit des Saales eintrat, sah sie dass nur sechs Personen anwesend waren. Natürlich nur Paare. Sie spürte den Stich im Herzen und nahm ganz hinten Platz.

Bald setzte die Musik ein und die Werbung begann über die Riesenleinwand zu laufen. Daran war sie nicht interessiert, dafür aber umso mehr an den drei Pärchen vor ihr. Sie beobachtete, wie das eine sich aneinander kuschelte, das zweite sich küsste und das dritte sich angeregt unterhielt und häufig dabei lachten.

Was war das nur heute? Alles was sie sah machte sie heute irgendwie traurig. Als der Film endlich begann war sie beinahe erleichtert. Aber was sah sie da über die große Leinwand flimmern? Natürlich ein verliebtes Paar, das Hochzeitsvorbereitungen traf. Schließlich eine Heirat in der Kirche, der Beginn eines traumhaften Ehelebens und dann zur Krönung noch eine glückliche Schwangerschaft und die Geburt eines süßen Töchterchen. Manu war in einen richtigen Liebesfilm mit Happy-End gelandet. Kein Wunder, dass hier nur Pärchen saßen. Als die Schlussmusik ertönte, war Manu längst draußen. Jetzt hatte sie auch noch die letzten Kröten für diesen albernen Film ausgegeben. Sie war nun wirklich ärgerlich über sich selbst. Das Wochenende war auch vorbei und morgen begann wieder der alte Trott in der Firma, wo sie acht Stunden am Fließband stehen würde.

Deprimiert schlenderte sie über die Brücke, die in die Richtung ihrer Wohnung führte. Einen Augenblick blieb sie stehen und beobachtete die braunen, gewaltigen Wassermassen, die den sonst kleinen Fluss während des Hochwassers so hatten an-schwellen lassen. Manu spürte deutlich einen starken Sog hinunter. Sie fühlte die Hoffnungslosigkeit ihres armseligen Lebens plötzlich mit einer Klarheit, über die sie sonst nie verfügte und ein Teil von ihr sprang hinab in die Fluten. Sie sah sich, wie sie sich sonst in den Schaufensterverlockungen sah, diesmal aber glitt sie hinein die schmutzigen Wassermassen. Sie spürte auch wie sie eintauchte in die gurgelnden Wassermassen, die über ihren Kopf zusammen schlugen, wie sie fort getragen wurde - ganz leicht und schwerelos fühlte sie sich dabei.

So versunken stand sie lange, bis zur völligen Dunkelheit, sie kostete den Traum des Sterbens geradezu aus. Ihr Körper zitterte vor Kälte dort oben auf der Brücke und dieser Schüttelfrost brachte sie wieder ins Leben zurück. Schnellen Schrittes lief sie den letzten Kilometer nach Hause, die Treppen hoch und in ihre Wohnung.

Ach wie gemütlich und kuschelig habe ich es doch hier in meinem Zuhause, dachte Manu, als sie in eine warme Decke gehüllt in ihrem Ohrensessel saß. Ist doch alles gar nicht so schlimm, ging ihr durch den Kopf, und sie schlug das Buch auf, mit dem Titel: „Solange du noch träumen kannst!"

Die Verschwundene

Eben war sie noch da, und jetzt war nichts mehr von ihr zu sehen. Wie konnte das sein? Er hätte schwören können, dass er sie gerade noch gesehen hatte.

Langsam zweifelte Horatio an seinem Verstand. Er kletterte die letzten Meter zum Felsen hoch. Dort musste einfach eine Höhle sein oder zumindest ein Loch. So schnell konnte man sonst nicht verschwinden. Das war sicherlich die Erklärung. Als er oben angekommen war, ging er auf die Stelle zu, an der er die weibliche Gestalt gesehen hatte. Nur Felsen! Das konnte einfach nicht sein. Er suchte alles ab, durchsuchte die nahen Büsche und klopfte sogar die Felswand ab. Nichts! Er war ratlos. Stimmte etwas mit seinen Augen nicht oder war er vielleicht nicht mehr bei Sinnen? Eine volle Viertelstunde starrte er auf die Felsformation. Dann schüttelte er den Kopf, nahm seinen Rucksack und suchte nach seinem Proviant. Vielleicht konnte er mit vollem Magen besser denken. Er suchte seine Brote und die Flasche Wasser heraus, setzte an zum Trinken und lehnte sich dabei an die Steinwand. Er fiel nach hinten. Der Fels hatte offensichtlich nachgegeben. Im freien Fall klammerte er sich an die Wasserflasche und eine Flut von Gedanken raste durch sein Gehirn: Rückwärts zu fallen war das Blödeste, was man tun konnte. Keine Möglichkeit sich abzufangen. Noch dazu die Glasflasche in der Hand, sie würde beim Aufprall zerschellen, und die Scherben würden sich vielleicht in seine Augen bohren oder in die Halsschlagader. Ich werde sicherlich auf knochenharten Felsen aufschlagen. Vielleicht bin ich nicht sofort tot. Vielleicht liege ich mit zerschmetterten Gliedern noch ein paar Tage mit unsäglichen Schmerzen dort unten. Verdursten werde ich jämmerlich. Wieso gab dieser Stein nach? ... All diese Gedanken flitzten durch seinen Schädel. Schließlich ergab er sich in sein Schicksal. Seine Verkrampfung am ganzen Körper löste sich. Er fiel schließlich so entspannt, dass ihm sogar die Flasche aus den Händen rutschte, die er gerade noch verkrampft fest gehalten hatte. Horatio trat ein in eine völlige Entspannung, eine Art zeitloser Ewigkeit. Er schloss die Augen, und in seinem Kopf herrschte absolute Leere. Die Stille in und um ihn herum war absolut.

Dann, nach einer endlosen Zeit, bemerkte er, dass sein Körper nicht mehr fiel. Vorsichtig öffnete er die Augen, er hatte Angst sie zu öffnen. War er tot? Ein schwaches Licht drang durch seine halb offenen Lider. Langsam konnte er immer mehr erkennen und schaute schließlich richtig hin. Ein wunderschönes Tal mit hellen, sonnigen Blumenwiese und herrlich blühenden Bäumen lag vor ihm.

Der Anblick verschlug ihm den Atem. Dann besann er sich und begutachtete erst einmal seine Glieder, ob er bei dem Sturz heil geblieben war. Überhaupt konnte er sich an seine Landung hier unten gar nicht mehr erinnern. Wieder schaute er sich mit bewunderndem Blick um. Vielleicht war er tot, denn noch nie hatte er eine schönere Landschaft gesehen. Es könnte sein, dass dies der Himmel war. Als Bergsteiger hatte er schon wirklich tolle Aussichten genossen, aber dies hier übertraf alles.

Dann sah er eine Gestalt auf sich zu kommen. Eine junge Frau mit sonnenhellen Haaren kam mit einem Lächeln auf ihn zu. Sie sprach nicht, ihr Mund bewegte sich nicht, dennoch hörte er eine Stimme. „Komm mit, ich will dir etwas zeigen!" Er folgte ihr willig, es war wie ein Sog.

Sie flogen mehr, als sie liefen, über die herrliche Blumenwiese, und während sie sich darüber bewegten, knickten oder berührten sie keine einzige Blüte. Auf einer Bank nahmen sie Platz. „Ich bin Aurania! Ich begleite dich nun schon so lange, in diesem Leben, aber auch in den Leben davor passte ich auf dich auf, dass du deinen gewählten Weg nicht verpasst. Heute bin ich hier und zeige mich dir in dieser Gestalt, um dich die volle Schönheit dieser Welt erleben zu lassen. Ich habe eine

Botschaft für dich, willst du sie hören?"

Horatio nickte, er war überwältigt, denn sie sprach mit ihm nicht, und dennoch konnte er ihre Stimme vernehmen.

Aurania erhob ihre tonlose Stimme erneut: „Hänge dein Herz nicht so sehr an Äußerlichkeiten. Das Außen wird dich immer enttäuschen. Schau in die Herzen der Menschen und vor allem in dein Herz." Horatio blickte in sich zurück, und viele Erlebnisse stiegen vor seinem inneren Auge auf. Szenen, in denen er nicht fähig gewesen war, sich von dem Urteil anderer zu lösen, und er sich gegen sein Herz entschieden hatte, weil ihm die Anerkennung seiner Familie, seiner Freunde, seiner Nachbarn wichtiger war.

Seine letzte große Liebe fiel ihm wieder ein. Sie war ein Mädchen, das schon in jungen Jahren mit sehr vielen Männern geschlafen hatte und einen schlechten Ruf hatte. Er war sehr verliebt in dieses Mädchen gewesen, aber allmählich glaubte er dem Gerede der Leute und empfand sich selbst zu gut für „so eine". Aber noch immer weinte in ihm ein Teil seiner Seele um dieses Mädchen. Denn er spürte damals schon, dass sie ein Wesen mit reinem Herzen war und ihr Fehler lediglich darin bestand, dass sie den Versprechungen der Männer immer glaubte. Aber er konnte sich nicht frei machen von der Verurteilung der anderen an seinem Ort, und so verließ er sie, obwohl sein Herz seitdem immer noch blutete. Nach dieser Zeit war er in die Stadt gezogen und hatte sich mit Drogen von dem Schmerz zu befreien versucht.

Aurania sprach weiter: „Ich zeige dir die Schönheit in dieser Landschaft und auch die Erinnerung an die innere Schönheit dieses Mädchens. Dieses Mädchen hast du dir ausgesucht als Partnerin für dieses Erdenleben. Das Zeitfenster ist noch offen, wo du noch eine Korrektur vornehmen kannst. Deshalb bist du hier, du kannst noch wählen."

Eine Flut von Erinnerungen an dieses Mädchen überfiel ihn mit solch starken Emotionen, dass er es kaum aushielt. Der Schmerz von damals überwältigte ihn noch einmal genauso und diesmal ging er über die Schmerzgrenze hinaus. Er hielt stand und fand sich schluchzend auf der Wiese vor der Felswand wieder. Es dauerte lange, bis sein Schluchzen allmählich verklang und er sich beruhigte.

Ganz allein auf der Wiese, mit wunderschönem Ausblick auf die Berge, ringsum wurde ihm glasklar, was zu tun war.

Madame Zimberlin

Sie freute sich sehr über die aktuelle Nachricht von den neu gewählten Vertretern des Seifenkonzerns „Allrein". Es ging nämlich das Gerücht um, dass die Seifen von „Allrein" die Fähigkeit besäßen — alles, aber auch wirklich alles, blütenrein zu säubern. Der neue Vorstand machte zudem publik, dass sobald jemand irgend etwas finden würde, was diese Seife nicht reinigen könnte, derjenige eine lebenslange Rente von monatlich 5000 Euro bekäme.

Super, dachte sich Madame Zimberlin, diese Rente bekomme ich, und ab diesem Tag untersuchte sie unermüdlich alle möglichen und unmöglichen Dinge um den Beweis anzutreten. Sie prüfte Seide, Wolle, Felle, Leder, Teppiche, Sessel, Polster und Bettwäsche. Sie wusch damit ihren Pudel Zamperl, ihre Katze Lotos, sogar die Schildkröte des Nachbarjungen, die daraufhin wieder mit einem hellen, fast leuchtenden Panzer herum kroch. Sie reinigte damit Böden, Hauswände, Dächer, sogar die Straße vor ihrem Haus putzte sie mit Eifer. Alles in ihrer Umgebung war blitzsauber. Allmählich gingen der Madame die Ideen aus, was sie noch alles sauber machen könnte. Aber Madame Zimberlin war nicht bereit aufzugeben. Sie packte sich einen Rucksack mit einem riesigen Seifenblock und ging jeden Tag auf Tour, um neue Gelegenheiten zu finden, die sie ausprobieren konnte. Doch oh Wunder, sogar die Bäume, die

Schwimmbäder, die Steinstufen zur Kirche und deren Altäre, wurden sauberer. Inzwischen hatte sie völlig wunde Hände, und auch ihre Knie schmückten Hornhäute, weil sie so häufig darauf kniete, während sie putzte. Sie musste unbedingt eine Pause einlegen, damit ihre Hände wieder heilen konnten, und ihr der Rücken nicht mehr so weh tat. Aufgeben wollte sie aber auf keinen Fall. Sie gönnte sich nur eine kleine Pause. Eines Nachts hatte sie einen Traum: Sie träumte, sie käme in die Hölle, und nach dem ersten Erschrecken begann sie wahr-zunehmen, dass alle, die in der Hölle schmorten ganz rußig und schwarz waren vom Höllenfeuer. Der Teufel selbst war der Schwärzeste aller Gesellen. Nun kam ihr die Idee, sie könne doch den Teufel mit der Seife schrubben, und sie fragte ihn höflich, ob sie ihn säubern dürfe.

Der Teufel bekam einen Lachanfall, so etwas hatte er noch nie gehört, und er willigte ein. Gleich machte sich Madame daran den Teufel einzuseifen. Sie schrubbte ihn kräftig, aber obwohl sich das Badewasser immer dunkler färbte, der Teufel blieb schwarz und wurde keinen Deut heller. Verzweifelt schrubbte und schrubbte sie, aber der Teufel lachte und lachte nur. Von seinem grässlichen Lachen wachte sie schließlich auf. Lange dachte sie über diesen Traum nach. Es konnte ja wirklich wahr sein, dass der Teufel in der Tat nicht zu reinigen war. Aber wie konnte sie das der Firma „Allrein" beweisen? Die im Vorstand würden sie nur auslachen. Es folgten Monate und schließlich Jahre des Ärgers.

Madame Zimberlin fuhr fast aus ihrer Haut, weil sie einfach keinen Weg fand zu beweisen, dass der Teufel eben schwarz blieb, und die Seife nicht wirksam war. Sie wurde mürrisch und ungeduldig allen gegenüber, die mit ihr zu tun hatten.

Schließlich wurde sie schwer krank und auf dem Sterbebett erschien ihr ein blütenweißer Engel. Er sprach zu ihr:"Liebe Frau, warum grämst du dich so? Dein ganzes Leben hast Du Schmutzflecken nach gejagt. Und siehst Du jetzt, wie unwichtig es war, denn alles – wirklich alles – kann wieder rein werden. Es gibt keine Sünde, die nicht wieder vergeben werden kann. Es gibt keinen Sünder, der nicht erlöst werden kann. Und lass Dir sagen, Dein Traum vom Teufel, war nur ein Traum – es war Dein Traum. Merke Dir: Es gibt in Wahrheit keine Hölle!"

Verrat

Verrat, immer wieder Verrat. Sein Leben war von Erlebnissen des Verrats gezeichnet.

Schon seine Mutter hatte ihn kurz nach der Geburt vor einer Kirchentüre abgelegt, um ihn nicht großziehen zu müssen. Und sie hatte ihn gleich zweifach verraten. Denn ihn vor der Kirchentüre eines Klosters, mit den Nonnen der Karmeliterrinnen abzulegen, stellte sich als eine schwere Bürde heraus. Es war bekannt, dass dort ein absolutes Schweige-Gelübde herrschte. So wuchs Engelbert - wie sie ihn tauften - in der Stille auf. Sein Glück war, dass er meist mit einer Nonne zusammen war, die im Garten arbeitete und die für die Versorgung mit Lebensmittel - die das Klosters brauchte - zuständig war. So kam es, dass er von Kindheit an meist im Freien war. Als er noch nicht laufen konnte, war Engelbertchen in eine kleine, mit einem Fell ausgekleidete Holzkiste gepackt worden und lag irgendwo zwischen den Beeten – auf Rufweite. Sobald er nur einen Mucks tat, wehte die Ordensschwester herbei und stopfte ihm die Flasche mit dem flüssigen Haferbrei in den Mund, auf dass er stille werde. Wenn er nicht gerade trank, lauschte Bertchen, wie sie ihn flüsternd nannte, auf alles, was an seine Ohren drang. So waren seine ersten Laute dem Vogelpiepsen, dem Schrei des Bussards und

dem der Tauben ähnlich. Sogar das gedämpft aus dem Tal herauf klingende Hundegebell und die Schafsglöckchen schien er nachzuahmen.

Nach eineinhalb Jahren begann er leise zu flüstern. Das kam vor allem daher, dass ihn die Gartenschwester sehr oft flüsternd zur Ruhe mahnen musste, um nicht von den anderen Nonnen strafende Blicke zu ernten. Diese flüsternde Ersatzmutter hieß Schwester Kunigunde. Sie liebte den Kleinen so sehr sie es vermochte. Während sie seine Grundversorgung erledigte, sprach sie ganz leise im Flüsterton mit ihm, und die zischenden Laute machten dem Jungen viel Freude. Sie hielt ihn auch oft länger als nötig auf ihrem Schoß. Kunigunde wusste aus ihrem Herzen heraus, dass das Waisenkind auch körperliche Berührung benötigte und so streichelte sie ihn so oft, wie die viele Arbeit es erlaubte, und sie sich unbeobachtet glaubte, verstohlen über sein Köpfchen, wenn sie sich alleine und unbeobachtet fühlte. Bertchen liebte diese Frau sehr. Er passte sich ihr und der außergewöhnlichen Umgebung immer mehr an.

Engelberts Entwicklung war verzögert, und so konnte er erst mit drei Jahren laufen. Aber ab diesem Zeitpunkt folgte er der Nonne auf Schritt und Tritt, festgeklammert an ihre wallenden Gewänder. Durch die vielen Breiflaschen, die er bekommen hatte, war er ziemlich rundlich geworden, und es fiel ihm schwer zu laufen. Auch zischelte er ständig, beinahe wie eine Schlange, und übte das Flüstern. Er liebte die S-Laute und lernte sie im leisen Singsang zu verwenden, den er von den Melodien der Vögel her kannte.

Ab und zu überraschte er seine Nonnenmutter mit einem neuen Laut, den sie nicht kannte, und den er einem der kleinen Insekten abgehört hatte. Denn durch die ständige Stille wurden seine Ohren so sehr geschärft, dass er allmählich vieles hörte, was normalen Menschenohren nicht mehr zugänglich war.

Da er sich ständig draußen zwischen den Beeten aufhielt und äußerst gut genährt wurde – sah er gesund und braungebrannt aus. In seinen Bewegungen allerdings war er vollständig an das Tempo der alten Kunigunde angepasst. Er hatte kein Bedürfnis zu rennen oder zu springen. Er bewegte sich wie eine alte, gebückte Frau und zischelte mit den Regenwürmern, Käfern und Insekten. Manchmal ahmte er auch das Tschilpen der Spatzen oder das Lied der Amsel nach. Er beherrschte bald alle Naturlaute um sich herum, so dass sie von Kunigundes Mitschwestern nicht mehr als seine Töne erkannt wurden.

Kunigunde nannte ihren kleinen Schützling heimlich „Lauscher", und sie war sehr stolz auf ihn. Er hatte als Nachahmer einen Weg gefunden, sich auszudrücken, ohne den Rahmen des Schweigens zu durchbrechen.

Von der Äbtissin wurde er in weiser Voraussicht als stiller Nachfolger von Kunigunde ernannt. Er sollte nach deren Tod ihre Pflichten erfüllen und diese Lücke schließen. Kunigunde wurde angewiesen, ihn alles zu lehren, was für die Essensversorgung des Klosters nötig war.

Als Engelbert acht Jahre alt war, schenkte sie ihm ein Buch, das sie bei einer ihrer

Kräuterwanderungen auf einer Bank im Wald gefunden hatte. Dieses Buch steckte in einem Ranzen, den ein Kind offensichtlich dort vergessen hatte. Der Regen hatte bereits die Blätter gewellt, aber sie waren noch gut lesbar. Es war ein Lesebuch für Erstklässler. So begann Bertchen allmählich zu begreifen, was Worte waren. Er saß stundenlang fasziniert vor seiner Fibel und fuhr jeden Buchstaben hunderte Male mit seinen Fingern nach. Auch das Rechnen lernte er durch das Zählen der Tomaten und sonstiger Früchte, alles Aufgaben, ihm Kunigunde stellte. Die Gartenschwester hatte nur zwei Jahre sporadisch in der Schule verbracht, ehe sie dem Kloster übergeben wurde. Sie erinnerte sich noch an einiges von damals, was sie dem kleinen zukünftigen Gärtner doch noch vermitteln konnte – flüsternd und mit Gesten. So konnte das Kind mit zehn Jahren mit den Fingern bis zehn zählen, kannte fast alle Buchstaben des Alphabetes und lernte auch die Buchstaben zusammen zufügen zu sinnvollen Worten. Es las mit Freude alles, was es in die Finger bekam oder was irgendwo geschrieben stand. Und das waren entweder die Bibel oder lateinische Texte auf den Wänden innerhalb des Klosters.

Sogar die anderen Schwestern bemerkten, dass er ein kluges Kerlchen mit schneller Auffassungsgabe war, und beschlossen, ihn mit zehn Jahren zum Orgelspieler ausbilden zu lassen. Dazu wurde ein alter Mann aus dem Dorf beordert, der ihn zweimal die Woche unterrichtete. Engelbert war sehr glücklich über diese neue Ausdrucksmöglichkeit und übte fleißig. Dabei fing er an mit Inbrunst die Orgelnoten mitzusummen. Da die Orgel laut war, vernahm es niemand. Er war sehr begabt und durfte schon bald die Schwestern in der Frühmesse bei ihrem stillen Gebet begleiten. Kunigunde war sehr glücklich darüber, dass ihr kleiner Liebling eine neue Aufgabe hatte und nicht nur zum Gärtnersburschen verkümmerte, denn sie sah sehr wohl seine außergewöhnliche Begabung.

Als er dreizehn Jahre alt war, starb Kunigunde. Engelbert war tief erschüttert und weigerte sich ein halbes Jahr Orgel zu spielen. Denn Orgeltöne machten ihn fröhlich, und er wollte nicht fröhlich sein, sondern trauern. Er vermisste seine treusorgende und einzig nahe Person. So verfiel er in diesen Monaten nach seinem Verlust in eine tiefe Depression.

Schließlich entschloss er sich, die Mauern des Klosters zu verlassen und in die Welt zu ziehen, die er aus den Büchern kannte.

Viele Jahre später, als erwachsener Mann, war er in einer Pfarrei gelandet, wo er jeden Tag an der Orgel die Messe begleitete. Auch beim Pfarrer im Garten arbeitete für einen Hungerlohn. All die Jahre jenseits der Klostermauern, waren für ihn sehr mühsam. Er war zu schweigsam für eine Lebensgefährtin. Die weiblichen Wesen waren nicht an ihm interessiert, und dass er so seltsame Töne ausstieß, schreckte die meisten Menschen davon ab, mit ihm Kontakt aufzunehmen.

So lebte er weiterhin ein sehr einsames, schweigsames Leben, spielte Orgel und redete flüsternd mit den Tieren. Er las viele Bücher in der Bücherei des Pfarrers über die große, spannende Welt – die für ihn verschlossen war.

Anouk

‚Was ist der Sinn des Lebens? Worauf sollen wir achten? Wonach sollen wir streben? Wozu sind wir hier?'

Anouk stellte sich diese Fragen, wie ihm schien, bereits sein ganzes Leben lang. Er war schon immer anders gewesen als seine Stammesbrüder. Er ging nicht gerne zur Jagd, benutzte nicht gerne die Harpunen, um Wale oder Eisbären zu töten. Zum Glück war er ein guter Angler. So konnte er mit seinen Fängen auch zum Überleben der Sippe beitragen. Mit seiner selbst gebauten Angel harrte er ganze Tage lang vor dem ins Eis geschlagene Loch und wartete darauf, dass ein passabler Fisch anbiss. Dann tötete er ihn schnell und mit Abscheu. Er hasste dies sehr. Für ihn waren Fische und andere Bewohner des Meeres heilige Tiere, denen er nur ungern das Leben nahm, um sie dann zu essen. Aber in dieser Einsamkeit des Eises hatte er keine Wahl. Von irgend etwas musste er leben.

Schon seit er klein war, hatte man ihn ausgelacht, weil er sich weigerte, das Fleisch der Wale, Seehunde und Eisbären zu essen oder ihr Blut zu trinken. Er empfand sie als seine Brüder und Schwestern, und wer aß schon seine Verwandten.

Jetzt, mit seinen 30 Jahren, hatte er immer noch keinen Eisbären erlegt, wie es das ungeschriebene Gesetz von einem Mann beim

Stamm der Akara verlangte. Deshalb war er auch immer noch ohne Familie. Keine der Frauen hatte Interesse an ihm gezeigt, denn für sie war er kein richtiger Mann. Er allerdings, beobachtete heimlich sehr wohl eine der Frauen ganz genau. Ela war auch eine Außenseiterin. Sie war still und leise.

Fast unsichtbar schien sie für die anderen. Sie hielt sich immer im Hintergrund. Bei den Jagdfesten, in denen viel Alkohol die Kehlen der Jäger hinab floss, sah er sie immer etwas außerhalb der Lagerfeuer sitzen. Im Schein des Feuers wirkten ihre glänzenden Augen wie das tiefe Meer. Sie schien fortwährend zu träumen und sich gar nicht in dieser rauen Wirklichkeit zu befinden.

Genau das gefiel Anouk. Wenn er in ihrer Nähe war, beeindruckte ihn jede ihrer Bewegungen. Sie schien ihm viel anmutiger und zarter, als die anderen Frauen seines Stammes. Es hieß, sie wäre als Säugling verlassen in einem Iglu gefunden worden. Neben diesem führte eine Blutspur in Richtung Meer. Wahrscheinlich hatte ein Eisbär ihre Mutter getötet und fort geschleppt.

Die Frau, die den Dorfältesten geboren hatte, nahm sich des Kindes an. Keiner wollte es, alle dachten, es sei verflucht. Es wuchs, nahezu unbemerkt, bei dieser alten Frau auf. Man sah Ela niemals mit den anderen Kindern herum tollen, nicht einmal lachen. Aber Anouk, der schon zehn war, als man sie fand, sah sie heranwachsen und interessierte sich für sie.

Wahrscheinlich war ihre Unauffälligkeit eine Art

Überlebensstrategie, da man ihr immer noch mit Misstrauen begegnete.In Anouks Volk waren die Geister der Ahnen sehr lebendig, und alles, was Überlieferung war, wurde unbesehen übernommen. Für Anouk waren diese Überlieferungen ohne Bedeutung. Er hatte seinen eigenen lebendigen Bezug zu der unsichtbaren Welt.

Wenn er tagelang draußen, auf dem zugefrorenen Meer, bewegungslos vor seinem Eisloch saß, war er in einem meditativen, tief entrückten Zustand. Dort kam er mit vielen inneren Wesen, - auch seinem Gott, - in Berührung. Die ausgedienten Botschaften seiner Stammes-Ahnen hatten für ihn keine Gültigkeit. Diese Überlieferungen wurden im Laufe der Generationen immer mehr verfälscht, so dass sie für ihn nicht mehr glaubhaft waren. Seine inneren Dialoge und Erlebnisse waren für ihn wahrhaftiger. Keiner konnte ihn da von etwas anderem überzeugen. Zu deutlich spürte er seine eigene Wahrheit, und er versuchte, sie in diesem Umfeld auch zu leben. Dies war alles andere als einfach. Da er viel Zeit in Einsamkeit beim Fischen verbrachte, konnte er sich mit seinen Träumen aus-einander setzen.Er wollte gerne mit Ela dieses Dorf verlassen und mit ihr woanders leben.

Aber er fand einfach nicht den Mut, sie zu fragen, nicht einmal, sich ihr zu nähern. Er träumte lieber davon, malte es sich aus, wie er an sie die entscheidende Frage stellte. Daraufhin würde sie dann nicken, ihr Bündel schnüren, und sie könnten bei Nacht, in einem Schneesturm, das Dorf verlassen. Die Fußspuren würde der Sturm verwehen, und niemand konnte herausfinden, wo sie hingegangen waren.

Als er sich gerade wieder einmal diese Szene mit geschlossenen Augen vorstellte, weit draußen auf dem zugefrorenen Meer mit seiner Angel sitzend, spürt er eine Bewegung an seiner Seite. Er öffnete die Augen und sah Ela.

Sie blickte ihn aus ihren intensiven grünen, dunklen Augen an und nickte. 'Ja', sie nickte, und er fragte sich, wozu sie genickt hatte. Da sagte sie mit sehr leiser Stimme: „Ja, ich komme mit dir, - beim nächsten Schneesturm, - es wird Zeit."

Windtanz

Die Haare flatterten im Wind, mit Anmut drehte und drehte sich Sarah Sira auf der Lichtung. Sie konnte nicht mehr aufhören, sie befand sich in einer tiefen Trance. Franco konnte seine Blicke nicht mehr von ihr lassen. Er war total fasziniert, etwas in ihm begann sich mit ihr zu drehen und entführte ihn in einen zeitlosen Zustand. Es war ihm als fühlte er, was sie fühlte, zumindest glaubte er das, und ihm war, als schwebte er empor zu anderen Welten. Welten, die ihm bislang völlig unbekannt waren, die ihn als Mann veränderten. Er fühlte sich mit einem Mal leicht wie ein Vogel, flink wie ein Erdhörnchen, beweglich wie eine Schlange, zärtlich wie eine Katze und verschmolz mit dem Wind. Er verwandelte sich in verschiedenste Wesen und Zustände, in einer derart schnellen Weise, dass er Mühe hatte, diese Veränderungen mit seinem Geist zu benennen. Endlos wechselte er die Gestalten und Gefühle, während er reglos auf das sich total verlierende Mädchen vor ihm sah.

Dann sah er sie fallen, - nein, sie glitt langsam wie in Zeitlupe zu Boden, und all sein Gefühlschaos begann in sich zusammen zu stürzen und Franco fand sich atemlos auf dem moosbedeckten Waldboden. Verstört sammelte er sich langsam wieder, begriff nicht was geschehen war - was mit ihm geschehen war. Sein Blick lag auf der Gestalt, wenige Meter vor

117

ihm. Aber noch immer war er gefangen, jetzt in seinem Körper, der ihm keine einzige Bewegung erlaubte. Sein Verstand erwachte nur mühsam, unendlich langsam begriff er, dass er hier lag und seine Angebetete dort und er spürte eine Lähmung in allem was ihn ausmachte.

Nur eine kleine Bewegung nahm er in sich wahr, ganz hinten in seinem Gewahrsein, und es war wie ein Sog - hin zu dem Mädchen. Das Ziehen nahm an Stärke zu und ermöglichte Franco zuerst sehr zart den einen Muskel, dann den anderen zu bewegen, bis es ihm schließlich gelang sich zu erheben und sich bedächtig dem am Boden liegenden Wesen zu nähern. Als er endlich vor ihr stand und fähig war sich über sie zu beugen, überkam ihn plötzlich eine ungeheure Angst. Ob sie lebte?

Vorsichtig näherte er sich ihrer Brust, um ihren Herzschlag zu hören. „Gottseidank", fuhr es Franco durch Kopf und Herz und er beruhigte sich wieder. Er wusste nicht was zu tun war, und fragte sich ob sie wohl schlief oder ohnmächtig war. Eine tiefe Scheu ergriff ihn, die ihn daran hinderte sie zu berühren oder anzusprechen. So beobachtete er sie nur, wie sie so da lag, scheinbar im tiefen Schlaf und gleichzeitig fühlte er noch einmal all die Stationen seiner eigenen Gefühle und Verwandlungen durch, - voller Staunen über diese Wunder.

Mit einem Mal wurde ihm klar, dass er in dieser ansteckenden Trance sozusagen durch sämtliche Zustände der Wesen auf diesem Erdenball, einschließlich Flora und Fauna und aller Elemente gereist war. In ihm war alles eins geworden. Er spürte die Liebe zu diesem Wesen vor sich, und er liebte mit einem Mal diese Welt mit all ihren Facetten und Eigenheiten. Er fühlte sich reich, - unendlich reich.

Feen-Herz

Tobias nahm das Horn in die Hand. War es vielleicht aus Elfenbein? Auf seiner Bergtour, in der Nähe von Meran, war plötzlich dieses Horn vor seinen Füßen gelegen. Seltsam, was man alles so finden konnte. Wahrscheinlich war es ein Stück von einem Gemsgeweih. Es war hohl und als er gerade hinein blasen wollte, kroch eine Spinne heraus, es war wohl ihr Zuhause.

Beinahe hätte Tobias vor Schreck das Horn fallen gelassen. Er mochte keine Spinnen, es ekelte ihn vor diesen Langbeinen. Da hörte er ein Lachen. Er drehte sich um und sah zuerst nichts. Dann aber — er traute seinen Augen nicht — sah er ein geflügeltes Tier, das höchstens daumengroß war, nein, das war kein Tier!

Während er mit offenem Mund auf das zarte, geflügelte, schimmernde, beinahe durchsichtige Wesen starrte und an seinem Verstand zweifelte, hörte er die Stimme dieser kleinen hellen Gestalt: „Hallo, ich bin Eldana, ich bin eine Bergelfe, und ich freue mich, dass Du mich sehen kannst. Es gibt nicht viele Menschen, die mich wirklich sehen können". Ein Ruck ging durch Tobias.

Jetzt war es soweit, er würde wohl so enden wie seine Tante väterlicherseits, die in jungen Jahren schon ziemlich komisch und verwirrt war.

Er drehte sich um, fest entschlossen, diese Gestalt, samt ihrer Worte, zu ignorieren. „Nein", hörte er die Stimme im Rücken, „Nein, du bist nicht verrückt, glaub mir, du bist nur empfindsam und offen, das ist keine Verrücktheit". Tobias ging stoisch weiter, aber so leicht war diese Fee nicht abzuschütteln. Sie begann nun direkt vor seinem Gesicht zu schweben. Schließlich blieb er doch stehen und betrachtete sie interessiert. Sie war allerliebst anzusehen, wie ein wunderschönes Püppchen und ganz durchsichtig. Er konnte sogar ihr kleines Herz sehen, das rot und leuchtend, sehr schnell pumpte. Die surrenden Flügel erschienen ihm wie die eines Kolibris, auch diese konnten auf der Stelle fliegen, mit einem so schnellen Flügelschlag, dass man ihn kaum noch wahrnehmen konnte. Fasziniert schaute er auf die leuchtende Fliegerin und wurde total in ihren Bann gezogen.

Inzwischen war es ihm egal, ob diese Elfe seinem kranken Hirn entsprungen war, und er dachte noch: ,Wenn so was Schönes aus meinem Hirn kommt, dann bin ich gerne krank'.

Ein glockenhelles Lachen kam aus dem hübschen Mund der kleinen Gestalt. Sie hatte wohl die Fähigkeit seine Gedanken zu lesen. Dann wurde Eldana ernst und sprach mit sanfter Stimme zu ihm: „Lieber Tobias, ich habe eine Nachricht für dich, lass mich auf deiner Handfläche ausruhen, streck einfach deine Hand aus." Tobias tat, wie sie verlangte und so schwebte sie auf die bereit gehaltene Handfläche und nahm Platz.

Er spürte keine Berührung, kein Gewicht, sie musste unendlich leicht sein. „Hör zu" sprach sie: „lieber Tobias! Jemand der dich sehr liebt, und der aus einer anderen Dimension ist, will dir

etwas sagen. Bist du bereit? Willst du es hören?"
Tobias nickte. „Einer deiner Schutzengel hat mich
gebeten dir Folgendes zu sagen:

Gehe in dich hinein - ganz tief, nimm dir Zeit
und glaube, dass alles möglich ist. Wenn dir das
gelungen ist, wird dein Leben ganz einfach, und
du wirst dir deiner ursprünglichen Aufgabe hier
auf Erden bewusst sein. Dann wirst du wissen,
wohin dein Weg geht".

Eldana war aufgestanden und schwebte ganz
nahe an sein Gesicht und es war ihm, als hätte
sie ihn auf die Stirn geküsst.

Dann flog sie davon mit ihrem Glockenlachen,
und einen Augenblick kam es ihm so vor, als
flöge ein Teil seines Herzen mit ihr.

Weitere sehr schöne Metaphergeschichten
finden Sie auch unter:
   www.hilger-geschichten.jimdo.com
oder auch in dem Kinderbuch: „Honolulu liegt
in Bayern"